U0002268

Dear Nicole

親愛的妮可

Yuu Nagira
凪良ゆう illustration yoco ✦✦✦ 譯者：馮鈺婷

Dear Nicole

親愛的妮可

Contents

妮可，別哭

Dear Nicole

二胡早上想吃麵包，奶奶卻只會做日式早餐。

剛煮好的鬆軟米飯是鄰居安田家種的，味噌湯的味噌是奶奶親手釀製，湯中的茄子和日本薑則摘自爺爺的菜田，煎蛋捲的蛋也是自家蛋雞所產。二胡向奶奶表示早餐想改吃麵包。

——奶奶不會烤麵包啊。

奶奶總是這麼回答。二胡心想，不不，麵包用買的不就得了？但祖父母基本上什麼都自己動手做。而且他們認為麵包是點心，不是從事體力活的農家人早上應該吃的食物。

——爺爺奶奶供我吃住，我也不好意思要求太多。

抱怨歸抱怨，二胡畢竟是個正值發育期的高三男生，早上還是多吃了兩碗飯才出門。雞舍裡放出來的雞悠哉地在院子散步，其中有幾隻朝二胡衝來，他左閃右閃避開雞群，跨上腳踏車。

小學時，二胡曾對大城市來的轉學生說，他們家會將自家養的雞殺來煮成雞肉火鍋，沒想到卻遭到強烈譴責。

——我認為久美濱同學做的事實在太殘忍了。

二胡在放學前的班會上遭同學點名，尷尬地喃喃為自己辯護。

——可是……雞很好吃啊……

家裡飼養鸚鵡的轉學生聽了更震驚，開始哭著說「……鳥好可憐」。班上大部分同學家裡都有養肉雞，議論紛紛道「咦，雞不能吃嗎？」，導師只好支支吾吾地解釋起「生命的重量」、「要對食物心存感謝」，這件事才總算落幕。這讓二胡頭一次意識到，外頭有個和自己身處的「此地」不一樣的世界。

推開大門，映入眼簾的是層層疊疊的山巒，以及毫無遮蔽的藍天。二胡騎著腳踏車，輕巧地穿過爺爺的菜田。

十五分鐘後，他來到一座老舊的車站，將腳踏車隨意停放在鐵皮屋頂的腳踏車停車場。用不著上鎖，因為沒人會偷。就算有人偷了，全村也都知道那是二胡的車，小偷很快就會被逮。

往來他們村子的，是單線單節的單人電車[1]，下車時得自己按按鈕開門。二胡還記得小時候和家人到城市裡，見到電車門自動開啟時嚇了一跳。他後來在電視上看到旅日的外國人對自動計程車門嘖嘖稱奇，內心深有同感，心想「我懂、我懂」。

二胡搭乘一小時只有一班的電車前往學校。窗外是一望無際的田園，其間散落著占地廣闊的民宅。他望著悠閒的田園風景，用手機聽著音樂時，口袋中的手機忽然震動起來。是父親傳來訊息。

早安，過得還好嗎？爸爸很老。下個月盂蘭盆節會回家，期待見到你們。想想看

1 單人電車指由駕駛一人負責所有乘車相關業務的電車。

要什麼禮物，也幫我問問爺爺奶奶，他們需要什麼。

見父親將「好」打成了「老」，二胡笑著回覆。

爸，你怎麼變老了呢？我和爺爺奶奶都很老。我會再傳訊息跟你說我想要什麼，也會問一下奶奶他們。

二胡再次聽起音樂，靠在椅背上欣賞窗外流動的風景。

山谷間的小村莊無事可做，父親只好到外縣的設備公司上班。他以前是從家中通勤，隨著經濟不景氣，獎金減少、加班變多，種種原因下搬進了員工宿舍，只有新年、盂蘭盆節和黃金週時才會回家。

母親在二胡年幼時和城裡的男人外遇，離開了家。二胡不太記得母親的臉，但看照片是個相當少見的美女，二胡也經常被人說長得像母親。先不論外遇對與不對，單就長相而言，正值青春期的二胡很慶幸自己長得像母親，而非大老粗般的父親。

列車即將抵達轉乘車站，二胡從口袋裡拿出點點圖案的蝴蝶結髮圈，抓了一撮染成亮茶色的頭髮，綁了起來。接著拿出小鏡子，臉上堆起笑容，鏡中隨即出現從二胡(Nico)變身為妮可(Nicole)的自己。

——好，今天也要演好這個角色。

準備好後列車剛好到站，他按下下車鈕，穿過天橋到對面月臺換搭另一班電車，那裡有許多和他穿著同樣制服的高中生，以及通勤的上班族。

「妮可，早安。」

率先向他搭話的，是每天都和他搭同一班車的女同學。

「妮可，你的髮圈好可愛。」

「謝謝。美貴妳的鮑伯頭也很可愛喔～」

二胡將句尾音調提高，彷彿在最後加了一個愛心。

「妮可，今天有游泳課耶，你要穿男生還是女生的泳衣？」

另一個女生也向他搭話。

「當然是女生的啊。我帶了粉紅色的兩件式泳衣。」

他擠眉弄眼地說，逗得月臺上的女孩們全笑了出來。

「而且我要在女更衣室換裝。」

他又補充了一句，女孩們紛紛發出「咦咦」、「討厭啦」的聲音，笑得更大聲。

「別歧視男大姐嘛。好吧，那我就在男更衣室換。如果想知道喜歡的男生的尺寸，最好現在跟我說。我會好好幫妳們觀察。」

女生尖叫起來，男生也笑著說「不要啦，笨蛋妮可」。這時有人喊道「妮可，王子來囉」。只見一色榮從車站階梯走了下來。二胡舉起雙手，朝他大力揮手。

「榮，早安！」

榮望向他，抬起手說了聲「嗨」。

「榮，你今天也好帥。跟我交往嘛！」

榮舉起雙手，在頭上比了個叉。

這迅速的回答又引起一陣大笑。

二胡也笑了，頭上的點點蝴蝶結隨之晃動。

這裡的電車只有單線，一小時一班。平常買東西，要到公所那條街上的小超市；當地國中生想約會，只能搭三十分鐘的電車去佳世客百貨。在這個偏僻的鄉下城鎮中，身為男同志的二胡只能靠扮演開朗的男大姐，來確保自己的容身之處。

二胡國中時曾遭到霸凌。

當時二胡已經意識到自己是一名同性戀。經常因為自己和他人不同而深感煩惱，又無法向人傾訴而苦悶不已。

他所就讀的分校一班有十六人，來自好幾個村子。大家感情都很好，不過以前曾有個東京來的轉學生在此顯得格格不入，沒多久就轉到鎮上的國小。二胡出生長大的村子雖然一片祥和，但對於異質事物的容忍度很低。

他知道絕對不能告訴任何人自己是男同志，只好在筆記本上寫下對男偶像的愛慕之情，藉此發洩與日俱增的壓力。沒想到有天卻將筆記本忘在教室，被同班的男同學看見。

隔天早上，教室黑板上潦草地寫著幾個大字。

二胡是同性戀！

一看見同性戀三個字，二胡整個人便從頭頂開始發涼。雙腳顫抖到連站著都很勉強，只能任憑同學將筆記本上相當於他內心最脆弱祕密的文字，戲謔地念出來。

鄉下村子很小，二胡的事一下子就傳開了。

「二胡，別擔心，爺爺帶你去鎮上的大醫院看病。」

爺爺這麼說完，奶奶也在一旁猛點頭，二胡見到後感到更加絕望。他們沒有惡意，只是認為同性戀是種疾病。父親在電話中聽完只回了句「這樣啊」。父親當然明白同性戀不是病，但對青春期的二胡而言，自己的性向被家長發現還是讓他羞恥到想哭。

被霸凌的日子很難熬。二胡喜歡的偶像照片被剪下來，加上猥褻的文字和塗鴉貼在他桌上。周圍的同學都將桌椅移開，和他保持距離，使他的桌子成了一座海中孤島，導師發現後立刻叫大家將桌椅搬回原位。搬動桌椅的嘎嘎聲中夾雜著竊竊私語，撕裂了他的心。

「同性戀會傳染。」

「好噁。」

同學之間的低語摧殘著二胡的耳膜和他的心。他們認為男生喜歡男生是件噁心的事，是該引以為恥的事。十四歲的二胡低頭咬著下唇，緊緊地、緊緊地抓著制服褲子的大腿處。

——一了百了算了。

那天，二胡從家中倉庫拿出用以將蔬菜固定在小貨車上的強韌繩子，偷了奶奶用來壓醃菜的石頭，大半夜離開了家。

缺乏路燈的鄉下道路一片漆黑，二胡聽著陣陣蛙鳴，抱著沉重的石頭左搖右晃地走向自己就讀的國中。石頭很重，那是二胡生命的重量。

他沒辦法扛著石頭翻越校門，只好先將石頭丟進校內。一陣沉重而堅硬的聲音砰然響起。原以為石頭裂開了，實際上沒有。他穿越操場往游泳池走去。游泳池也有一道矮門，因此他依舊先將石頭丟到門的另一側，沉重堅硬的聲音再次傳來。他心想這次應該裂了吧，結果還是沒有。

被扔了兩次，竟然都沒碎。

生命也是如此嗎？

他坐在注滿水的泳池邊，用繩子纏繞那顆過於堅固的石頭後打結，再將其和綁住自己雙腳腳踝的繩子綁在一起，邊綁邊想，不知道會不會很痛苦？無論再怎麼掙扎，這顆石頭應該都會讓他留在水中。而且踢也踢不碎。

二胡望向昏暗的水面，雙手顫抖起來。他一心想死時從未想到家人，如今他們的臉卻浮現腦中。爸爸、爺爺、奶奶可能都會為他哭泣，但肯定沒有一個同學會來參加他的葬禮。要是家人知道他在學校被人討厭，會怎麼想呢？好想僱用專門在葬禮上扮演亡者朋友的演員。想著想著，視線逐漸模糊。

——我為什麼要哭？

——明明已經決定尋死了。

——死後的事想了也沒用。

將醃菜石綁在腳上意圖於深夜跳進泳池自殺。自己是如此渺小可悲。然而交握的雙手卻明確傳來血液的脈動。那是他從未感受過的生存證明，卻在面臨死亡之際，雙手用力交握時才第一次意識到，真是令人發笑。但他笑不出來，只能任由眼淚不停滑落。

「你在做什麼？」

身後忽然有人向他搭話，他嚇得趕緊回頭。

有個男生在銀白月光照耀下俯視著二胡。

「那是什麼？好大的石頭。為什麼要在腳上纏繩子？」

男生在二胡身旁坐下，好奇地探頭望向醃菜石。對方看起來和二胡年紀相仿，但二胡沒見過他。發現對方不是同村的人後，二胡反而降低了警戒。

「繩子是用來自殺的，醃菜石是為了避免我浮起來。」

「咦，你要自殺啊？用醃菜石自殺？」

男生睜大眼睛，伸手觸碰石頭和二胡腳踝之間的繩子。

「……好新穎的自殺方式。」

「你是誰？」

二胡這麼問，男生放開他腳踝的繩子抬起頭。

「我叫內藤榮，之後說不定會改姓。你呢？」

「久美濱二胡。你不是當地人吧？」

榮住在隔壁縣，和二胡一樣是國二生，父母正在協議離婚，因而來此寄住在母親的老家。一想到父母離婚後自己得搬來這裡，他就感到無比煩躁，才會在深夜跑來泳池宣洩壓力。

「這座村子真的那麼偏僻嗎？」

「這裡除了稻田和菜園什麼都沒有。」

二胡覺得榮不拘小節的程度恰到好處。

「你為什麼想死？」

「同學發現我是男同志，一直霸凌我。」

想到他不屬於這座糟糕透頂的村子，二胡自然而然脫口而出。

「咦，同志是同性戀的意思嗎？」

榮訝異地問，那略顯滑稽的大剌剌態度仍舊讓二胡感到自在。他的口氣毫不體貼細心，但二胡感受得到他是因為沒有偏見才能如此坦率。

「嗯，男同志啊。」

榮將手撐在身後，若有所思地低語。

兩人就此陷入沉默。靜謐的時光使人冷靜。綁住二胡雙腳腳踝的繩子，又大又重的醃菜石。那顆即將奪取二胡性命的石頭有著與他性命同等的重量，靜靜躺在深夜的泳池邊，無人關心。

「這樣啊，你想一走了之啊。」

榮伸手輕輕撫摸醃菜石。些微震動透過繩子傳到二胡腳踝，使他有種自己被撫摸的錯覺。

「…………唔、嗚。」

二胡不由得抽泣起來，連忙將臉埋進腿間。不成聲的嗚咽震響了夜晚寧靜的空氣。雖然丟臉，但既然是在不認識的人面前也就無所謂了。

「好，儘管哭吧。」

榮將手放在二胡頭頂，溫柔地拍了拍，讓二胡覺得更想哭。無處安放的心彷彿終於安住下來。

「可是，你既然有勇氣自殺，何不拚命逗人開心呢？」

「……為什麼要逗人開心？」

二胡吸了吸鼻子，望向身旁的榮。

「我爸說好笑的人不管在哪裡都是最強的。他是大阪人啦。不過大阪人的標準真讓人摸不透。」

榮對著點頭的二胡笑了一下，起身拉住他的手臂。

「我們來游泳吧。」

「咦，不行，我不會游泳。」

所以他才會選擇在泳池自殺。

「是因為你腳上綁著這東西吧？」

榮將二胡腳踝和醃菜石上的繩子解開，扛起石頭「喝」的一聲丟入泳池。水面激起一大片王冠般的水花。

「現在你自由了。」

二胡一路搖搖晃晃從家裡扛來的醃菜石，就這樣沉進深夜的泳池中。水底冒出陣陣氣泡。那猶如二胡性命一般的沉重石頭——

他心情複雜地看著這一幕，忽然被榮從背後推了一把。二胡「哇」地大叫一聲，隨即跌入泳池。深夜無光的泳池中沒有任何東西可抓，黑暗毫無縫隙地籠罩著他。好比學校一樣幽暗。教室裡明明有很多人，唯獨坐在正中間的自己周圍一片漆黑。

無法呼吸，也看不見光。

要死了，好痛苦。要死了，誰來救救我。

他分不清上下左右，胡亂伸長手臂時，有人抓住了他的手，將他用力往上拽，使他的臉嘩地浮出水面。榮的笑容映入眼簾。

「你真的不會游泳呢。」

「剛才不是說了嗎？我、我差點就要死了。」

二胡喘著氣，眼眶泛淚地嗆回去。

「你不是本來就打算尋死嗎？」

榮帶著笑意問道。二胡無話可說，因而默不作聲，這時榮簡短說了句「來游泳吧」，便牢牢抓著二胡的手臂開始在水中緩緩後退。

「哇，不、不行，會沉下去，會沉……噗啊。」

二胡拚命踢腿，身體卻一直往下沉。

「都是因為你亂動才會沉。放鬆，不要掙扎。放心交給我。」

榮緊握二胡的手，二胡一點一點放鬆力氣，感覺到水逐漸變得溫和。原本彷彿強烈拒絕他的池水，如今讓他輕柔地漂浮起來。

「浮、浮起來了。」

「那當然。人只要正常待在水中，都會浮起來的。」

榮面帶微笑，拉著二胡前進。

「……你不覺得我噁心嗎？」

二胡在水中被引領向前的同時這麼問，榮疑惑地歪起頭。

「我是男同志耶。」

榮的表情顯得更加困惑。

「你是男同志這點對我造成了什麼麻煩嗎？」

「是沒有。」

「那就好啊。我一點都不覺得噁心，反而很開心呢。」

榮愉快地抬頭望向清晰浮在深藍夜空中的明月。

「我已經請假一週沒去上學，擔心萬一爸媽離婚的話，自己就要搬來這個偏僻的鄉下，煩躁地來到游池，遇見了你。你腳上綁了醃菜石說要自殺，沉重過頭反倒讓人覺得有點好笑，讓我心情好了一點。」

「這才不是什麼好笑的事。」

「可是你自己想想，用醃菜石把自己溺死可不是常人會有的想法。」

「是嗎？」

「是啊，二胡你這個人還挺有趣的。」

二胡有些訝異，好久沒有同儕親暱地叫他「二胡」了。

「二胡呢？你現在開心嗎？」

「開、開心，超級開心。」

畢竟他正在深夜的泳池中，連泳衣都沒換就和剛認識的人像朋友一樣游泳。

「那你別再說想死了喔。」

「好。」

二胡點點頭，情緒一下子湧上來。怎麼辦？光是聽到一句「別死」，他就開心到想哭。他感覺鼻頭一熱，眼淚奪眶而出。但他們倆渾身溼透，榮並沒有發現二胡哭了。

「可別被擊垮了，我們約好囉。」

榮咧開大嘴對二胡微笑。濃眉配上微微下垂的眼睛，散發出一股討喜的氣質。兩人年紀相仿，但他比二胡有男子氣概多了。

意識到這點後，二胡心裡小鹿亂撞起來。儘管身在水中，和榮牽在一起的手卻十分燥熱。他已經完全沒有想死的念頭，不只如此，還對剛認識的榮感到心跳加速。

「榮，你明天還會來游泳嗎？」

聽見二胡這麼問，榮不知為何朝他眨了眨眼。

「如果你來的話我就來。」

「那我絕對會來。」

兩人在月光下訂下約定。

然而隔天二胡到了泳池卻沒看見榮，只看見鐵絲網上掛著一件T恤。那是榮昨天穿的衣服，背上用麥克筆寫了些字。

我爸來接我，我要回去了。對不起。希望以後還能再見。

從潦草的字跡可以看出他在趕時間。即使如此，他還是特地來這裡將T恤掛在鐵絲網上。失望與喜悅之情交織在一起，二胡不禁在深夜的泳池邊抱著T恤哭了起來。

二胡與他僅有一面之緣，只在深夜的泳池一起游了幾小時的泳。未來肯定不會再見。正因如此，與榮共度的時光便成了珍貴的回憶，刻在二胡心上。榮既是他的救命恩人，也是他難忘的初戀對象，這段經歷從此改變了他。

——既然有勇氣自殺，何不拚命逗人開心？

——我爸說好笑的人不管在哪裡都是最強的。

那天早上，二胡用鮮豔的毛球髮圈綁了根沖天炮走出洗手間，爺爺和奶奶見到後張大嘴巴。二胡聽見他們說「你的頭髮是怎麼回事？把自己弄得跟女生一樣，不成體統」，但他仍頂著那個髮型去了學校。

見到用毛球髮圈紮著沖天炮的二胡，同學們也目瞪口呆。

——大家早安，從今天起請稱呼人家為「妮可」。

他刻意用句尾加了愛心的語氣，雙手握拳擺在下巴下方歪著頭說。這是在模仿電視上常見的男大姐角色。二胡是男同志，不是男大姐。他沒有穿女裝或用女生口吻說話的需求，自認是男生，也喜歡男生，因此這個男大姐角色並不是真實的二胡。但他認為這樣無妨。

——我必須扮演一個大家容易理解的角色。

教室內鴉雀無聲，忽然有人低聲說了句「……好可怕」。接著像是以此為信號般，同學們的訕笑紛紛傳入二胡耳中。

「好白痴，他到底在想什麼？」

「什麼妮可，有夠噁的。」

在一片鄙夷和嘲笑聲中，二胡大方地抬起頭，走到自己的座位坐下。不知何方飛來一條髒抹布蓋在他頭上，擋住了視線。他聽著自己心碎的聲音，用指頭捏起抹布，勾起嘴角擠出笑容。

「討厭，這是誰丟的？女生？男生？別看我長得可愛就嫉妒我好嗎？還是男生？是因為喜歡我才會欺負我吧？」

二胡用手捧著臉頰說「討厭，好害羞」，班上同學全都冷眼相待。這反應真教人難受，好痛苦。淚水已在眼眶打轉，但他不會哭的。

——可別輸了，我們約好囉。

他回想著榮的笑臉，日復一日扮演男大姐的角色。霸凌變得更加嚴重，但他仍堅持當個小丑，漸漸地，細微的變化發生了。這個易懂的男大姐角色成了一個固定的哏，開始引人發笑。升至鎮上的高中後，二胡塑造出的角色益發受歡迎。他不說話時是個瓜子臉的帥哥，一開口卻是男大姐。將略長的茶色頭髮用可愛的髮圈綁起，以女生的口氣說話，個性又開朗，這樣的他獲得女生們熱烈支持，穩居校園風雲人物第一名。

「二胡，今天要不要和我們一起去卡拉ＯＫ？」

「好哇好哇，我練了新歌的舞蹈，待會來大跳一番。」

二胡興致盎然地回答。來邀他的男生以前和他念同一所國中分校，曾對他說「你身上都是人妖味，別靠近我」。對方可能已經忘了，但二胡絕不會忘。不過他也只能裝作忘記的樣子，回以笑容。這就是他生存下去的方法。

並非一切都這麼順利。儘管同儕們覺得二胡很有趣，但一回到老人較多的村子裡，還是會接收到歧視的目光。村裡的老人們認為同性戀是一種病，爺爺和奶奶出於愛，常對他說「二胡，該去看醫生了吧」。他都會笑著回道「之後再說」，聽過就算了。

無論男大姐角色再怎麼受歡迎，終究只是鄉下小鎮綻放的一朵無果之花，二胡在自己的村子裡仍是異類。要是沒認清這點，肯定又要吃苦頭。在這乍看歡快的日子中，二胡的孤獨只能隱身起來，潛至地底深處。

在這樣的日子中發生了件出乎意料的事。升上高二的夏天，榮轉到了二胡的高中。他是二胡只在深夜泳池見過一次的初戀對象，但二胡到了高二對他的感情依然沒變，再次見到他時心臟狂跳，簡直要衝破胸口。

然而二胡無法主動向他搭話。榮升上高中後變得比二胡記憶中還要成熟、帥氣，剛轉學來那一天就被女生包圍。二胡也想向他搭話，但他說不定不記得二胡了。

——而且我有點不想讓他看見現在的自己。

如今的他頭上綁著粉紅色蝴蝶結的髮圈，用女生的口吻說話。他走到榮的教室又折返。但像二胡這麼引人注目的人躲不了太久，榮很快就來二胡的教室找他。

「嘿，你是二胡吧？還記得我嗎？」

二胡又驚又喜，心臟跳得像在打鼓一樣。

「記、記得，內藤榮。」

他的臉無法抑制地發燙。

「太好了，你還記得我。不過我現在不姓內藤了。」

「……啊，你爸媽離婚了嗎？」

「對啊，今年才離。」

榮的父母當時雖然和好了，後來還是決定離婚。榮如今改為母親的舊姓「一色」，來到母親的老家和外祖父母、母親同住。一問之下，才知道他住在從二胡家騎腳踏車大約二十分鐘可到的村子。

「確定轉學時，我就在想說不定能再見到你。」

二胡拚命安撫高興到狂跳的心臟時，榮將臉靠了過來。

「我一直很擔心你，看到你過得很好，我就放心了。」

比記憶中更低的男性嗓音在他耳邊低語，使他的耳朵逐漸變熱。

「……因為我跟你約好了嘛。」

與榮的約定是二胡心中最重要的支柱。

「這樣啊，辛苦你了。」

榮輕輕揉了揉二胡微微低垂的頭。

二胡按捺著甜蜜而雀躍的感受，忽然聽見榮笑著說了聲「不過」。

「這副模樣真教人意外。」

榮拉了一下他用粉紅色蝴蝶結髮圈束起的頭髮，使他心頭一驚。

「啊，這、這樣很奇怪吧？我自己也知道。」

怎麼辦？他一定覺得我很噁心。二胡內心著急起來。

「我是有點驚訝，但這樣很可愛啊。」

榮笑了。二胡聽完安心到想哭，這時身後傳來響亮的聲音。

「妮可動作好快，已經在搭訕帥氣的轉學生了。」

二胡一轉頭，才發現整間教室的人都在看站在門口的榮和自己。

「榮，妮可最喜歡帥哥了，你要小心點囉。」

「他可能會趁你不注意把你推倒，奪走你的處男喔。」

榮聽見這些下流的玩笑話，瞪大眼睛望向二胡。

「啊，不、不是……」

二胡知道自己必須否認，但他腦袋一片空白，說不出話。內心太過焦急，反而導致壓抑到極限的緊張和羞恥心爆發開來。

「討厭，被發現啦？」

他戴上平時的男大姐面具，擺出裝可愛的姿勢。

「榮已經被我看上了，誰都不准動他喔。」

二胡嘟起嘴唇靠了過去，榮「哇」了一聲連忙用手掌推開他的臉，推得他整張臉都扭曲了，全班見狀一陣爆笑，二胡的初戀也跟著碎了滿地。

「真可惜，妮可失戀了！」

「榮，千萬別落入妮可的魔爪。」

二胡多年來細心守護，像寶物一樣深藏心中的回憶與淡淡初戀，在這一刻落入他

UNIT

為了保護自己而塑造出的男大姐角色框架之中，淪為可悲的笑柄。毫不知情的榮聽出他們在開玩笑，笑了出來。

「才剛見面，你想幹嘛啊？嚇死我了。」

「哈哈，對不起嘛。」

二胡藏起想哭的心情，保持笑容。

那天夜裡，二胡抱著榮留下的那件T恤哭泣。

我爸來接我，我要回去了。對不起。希望以後還能再見。

他也一直想再見到榮。還曾幻想長大之後在某個地方和榮偶然重逢，談起戀愛。

在二胡心中，榮就是鄉下昏暗夜空中的閃亮星星。

榮對現在的二胡有什麼想法呢？

成了搞笑男大姐的二胡——

眼淚不斷滑落，他怕爺爺奶奶聽到哭聲會擔心，只好整個人躲進被子裡，任由淚水和鼻水浸溼枕頭。

——算了吧，在這個村子就算有喜歡的人也不會有結果。

然而一到早上，二胡卻又重新拾起散落一地的初戀殘骸。聽到榮說「我一直很擔心你，看到你過得很好就好」時的喜悅之情仍未消失。他對這樣的自己感到既不解又生氣，同時也了解到愛是多麼不自由的一件事。

從此之後，二胡只要看見榮就會送他飛吻、揶揄他。

「榮，你今天也好帥，跟我交往嘛。」

榮知道是在開玩笑，便也笑著作勢抓起飛吻往旁邊扔。

「討厭，人家又被甩了。」

二胡做出誇張的裝可愛動作，逗得身邊的人忍不住發笑。夢寐以求的初戀王子就在眼前，卻不能再靠近一步。他雖用開朗活潑的男大姐角色保護自己，真實的他卻膽小到連自己都感到厭惡。

有天，榮騎著腳踏車來到二胡家。

「抱歉，我不知道你的電話和 e-mail，所以問了我外婆你們家的地址。」

榮接著說「我有話想對你說」，二胡疑惑地歪起頭。

「什麼話？」

「在這裡不方便說，可以去沒有人的地方嗎？」

見榮一副靦腆的模樣，二胡心中掀起波瀾。什麼話不想被人聽見？難不成是告白？其實我也喜歡你很久了……之類的？不，怎麼可能。可是。兩人各自騎著腳踏車前往河堤的路上，二胡腦中一片混亂。

然而二胡的期待卻被徹底粉碎。

「你對一個男生有好感？」

他們並肩在河堤坐下，聽見二胡這麼問，榮維持抱膝的姿勢點了點頭。榮的臉頰和耳朵邊緣似乎有些泛紅，但周遭景物全被澄澈的夕陽染得一片橘紅，看得不是很清楚。二胡很慶幸現在是傍晚。

「我在之前的學校有個叫遠藤直樹的朋友。他瘦瘦的，長得很可愛。個性還滿任性的，但我完全不會生他的氣，反而覺得那樣很可愛，搬來這裡後經常想起他。遠藤也經常傳 LINE 給我，說他很寂寞、很想我，我看到後莫名覺得高興……」

榮一反平時直來直往的個性，吞吞吐吐介紹起遠藤這個人，甚至有些放閃的味道，二胡只能聽他傾訴，連聲應和。

「我是不是喜歡上遠藤了？」

我哪知道，二胡將這句話吞了回去。

「所以我也是同志嗎？」

不要問我，二胡很想這麼說。但榮的眼神和表情都很認真，找二胡商量的事又過於私密，二胡明白能幫他的只有自己。

「我在書上看過，青少年時期受同性吸引的情況並不少見。」

二胡謹慎挑選用詞回應他。

「但大多只是近似戀愛的情誼，長大之後就會自然消退。還有如果你除了遠藤之外也喜歡女生的話，也有可能是雙性戀。」

「雙性戀是什麼？」

「男女生都喜歡的人。」

「那二胡你呢？」

「我不喜歡女生，是個純粹的男同志。榮你喜歡過女生嗎？」

「沒有。」

榮立刻回答。

「其實在遠藤之前我曾對另一個人有好感，也是男生。」

二胡訝異地望向身旁的榮，榮害羞地別過臉去。

「不過我只是覺得他很可愛，像對偶像那樣，並沒有特別想過自己是不是喜歡他。算是小時候淡淡的初戀吧。」

榮笑著帶過，但眼尾一帶微微泛紅，令二胡受到二度打擊。他的初戀對象是榮，從國二相識以來直到現在高二都只喜歡榮一個人。然而榮卻不是如此。儘管明白這很正常，但從本人口中聽見還是很難受。二胡拔著腳邊的草，緩和傷心的情緒。

「這樣聽起來你也是同志。」

二胡雖然很小心了，但語氣還是有些冷淡。

「……是嗎，果然是同志啊。真傷腦筋。」

榮仰望日暮的天空嘆著氣說完，接著轉向二胡。

「這麼說不是在否定你。」

「嗯，我知道。」

見二胡點頭回應，榮鬆了口氣，再度陷入沉思。

二胡也在一旁抱著膝蓋，默默凝視著夕陽下的河面。得知榮與自己一樣是男同志令他感到喜悅，同時卻也嘗到失戀的悲傷。他本來就認為自己跟榮幾乎不可能，這樣一起一落之後只是回到原點而已……不，不對。

他暗戀的對象有喜歡的人，還找他商量這件事。

這怎麼想都糟透了。

「二胡抱歉，找你聊這麼奇怪的事。」

「不會，一點都不奇怪。沒事、沒事。」

「但你看起來很沒精神，是不是也有什麼煩惱？」

榮擔心地探頭過來，二胡連忙堆起笑臉。

「我什麼煩惱都沒有，每天都過得很開心。不過我喜歡你很久了，聽到你有喜歡的人還是受了點打擊。」

二胡用往常妮可的口吻回答，惹得榮癟起嘴。

「我是認真在跟你討論事情。」

「我也是認真的啊。畢竟你和遠藤現在相隔兩地嘛，高中生的遠距離戀愛是不會有結果的。不如改和我在一起怎麼樣？」

二胡嬉笑著倒在榮身上，榮說了聲「笨蛋」將他推回去。每當感到痛苦時便拿自己當笑柄，已成為他的習慣。糟透了，差勁透頂。二胡自暴自棄地笑了一會，忽然發現榮正盯著自己。

「怎麼了？」

「沒事，只是覺得你好正常。」

二胡不明白他的意思，歪了歪頭。

「你跟我說話時明明就很正常，為什麼在學校要用女生的口氣？」

「……啊。」

糟了，和榮獨處一事讓他比想像中更加亂了方寸。現在突然換成男大姐的口氣也會顯得很刻意，二胡無奈地垂下頭。

「那個是塑造出來的搞笑角色啦。」

「搞笑角色？」

「我是男同志，不是男大姐。」

「男同志和男大姐不一樣嗎？」

「你也喜歡男生，但不會用女生的口氣說話對吧？」

榮恍然大悟地瞪大眼睛說：「真的耶。」

「你也要小心別被人發現是同志。一旦被發現，就只能像我一樣當個小丑取悅別人，或者陷入被霸凌的窘境。在鄉下地方發生這種事很恐怖的。」

「我記得你以前也曾經因為被霸凌而想自殺。」

「是你讓我打消了自殺的念頭。你說與其自殺，不如拚命逗人開心。還說好笑的人不管到哪都是最強的。」

「我有說過這種話啊？」

那番話拯救了二胡，但榮本人並不記得。有時比起刻意想講大道理而絞盡腦汁想出來的話語，不經意的一句話更容易感動人心。

「那你可要好好感謝遇見了我。」

「我超感謝你的。已經超越感謝，變成愛了。」

「好啦好啦，謝謝你喔。」

榮一笑置之。二胡並沒有說謊，但這話從他口中說出來便缺乏真實感。他不禁想起「狼來了」的故事。

「不過，我也很慶幸身邊有你。」

榮忽然嘆了口氣。

「我不敢對家人說自己可能是同志，也不敢告訴朋友，感覺自己和其他人之間好像多了一道界線，好害怕。」

二胡非常明白榮想說什麼。廣闊的那一側，對比狹小的這一側。腳邊彷彿被畫了一道分隔世界的隱形界線，自己卻無能為力的那種感覺。

「這時我想起了你。想起你也和我『一樣』，想著你是不是也曾有過這樣的感受。光是這樣我的不安就減輕了些。意識到自己不是孤單一人。」

榮微低著頭，輕笑起來。

「我自以為是對你說了那些話，現在這樣很沒用吧？」

「才不會。」

二胡用力搖頭。學校是個各方面都很重視合群的地方，總是將異類排除在外。尤其在這座鄉下城鎮，同志更是被歸類為性犯罪者或病患。

「我也是因為有你才能得救，不然早就和那顆醃菜石一起溺死了。」

「對了，那顆石頭後來怎麼樣了？我們離開時它不是還沉在水底嗎？」

「隔天就被體育老師發現，後來一個月全村都在找犯人。」

「你們娛樂也太少了吧？」

「我們村子就是這種地方。」

榮皺了皺眉，向後仰躺在河堤的草地上。

「我覺得自己沒有你應該撐不下去。」

那句話就像打翻在盛夏操場上的水一樣，迅速滲透進二胡內心。彷彿進到血液中使他心潮澎湃，甚至流至手腳末梢，產生一股麻麻的感覺。他抱緊自己的膝蓋，按捺那股雀躍。

——我還是好喜歡他。

但榮有喜歡的人，自己還是死心比較好。既然明白，就早早放棄吧。二胡用力抱緊膝蓋以免確立的決心動搖，這時身後傳來榮的嘆息。

「二胡，我之後還能找你商量遠藤的事嗎？」

二胡背對著榮皺起眉頭，在心中說不。但他又不能真的這麼說，只好努力鬆開緊皺的眉頭，回頭望向榮。

「才不要，就說我也喜歡你了。」

他用玩笑話包裹真心的告白笑著說完，榮板起一張臉。

「我是認真的，跟你不一樣。我的心意千真萬確。」

「我也很認真啊，真的真的真的。」

二胡抱著膝蓋搖晃身體，像在唱歌般說道。朱紅夕陽正沉向山的另一頭，天空中的浮雲底部映著淡淡的玫瑰色。

——我在這個村子是找不到幸福的。

沒人知道在開朗活潑的搞笑角色之下，藏著平凡而真實的二胡。

十七歲的二胡生活中充滿笑聲，卻也孤獨。

二胡以一貫的男大姐形象巧妙應付每一天，升上了高三。

吃過晚飯後，他騎了十分鐘的腳踏車來到一座冷清的公園。他不明白自然景觀豐富的村子為何需要蓋這種半吊子的公園，但這座幾乎沒人的公園也因此成了他和榮相約見面的好地方。

「二胡，你好慢。」

榮已經到了。

「抱歉。我帶了零食來給你。」

二胡從包包裡拿出「香菇山」巧克力餅乾，榮立刻出聲抗議。

「我是竹筍村派的。」[2]

「那你就別吃啊。」

「我要吃。我帶的是這個。」

「啊，酸奶油口味的洋芋片，我喜歡。」

「所以我才帶這個，可是你卻帶香菇山來。」

「好啦好啦，我下次帶竹筍村。」

兩人品評對方的零食，聊著這類沒什麼營養的話題。村裡沒有便利商店，因此聚會時自帶零食是這一帶的規矩。

2 兩者皆為日本的巧克力零食，各有擁護者。

自從榮高二轉來這裡後過了快一年，二胡和榮已經熟到稱得上好友。但在學校仍維持著二胡單戀榮的設定，二胡只會遠遠地開他玩笑，盡量不接近他。榮說在學校也普通找他講話就好了，但二胡擔心和榮單獨走得太近會害榮也被認定是同志，因此在這點上仍舊較為小心。

「我決定去東京念大學了。」

兩人在沙坑圍欄坐下後，榮這麼說。差不多到了該決定未來出路的時候，這一帶的小孩高中畢業幾乎都會離開村子，分散到全國各地。兩人都有了大致的方向，榮決定升學，二胡則打算去東京工作。

「去大阪或京都雖然也行，但畢竟二胡你也要去東京工作。」

「是為了我嗎？」

二胡開著玩笑以可愛的姿勢探頭望去，榮已經習慣他這樣，因此完全無視他的話。

「遠藤也要念東京的大學，一直吵著要我過去。」

——這才是真正的目的吧。原來如此，說得也是。

榮第一次找二胡商量遠藤的事時，二胡雖然感到失落，卻也壞心眼地心想高中生的遠距離暗戀應該不會持續太久。沒想到榮和遠藤一直維持著良好的關係。**LINE** 和 **Skype** 是遠距關係的好幫手。

「我覺得遠藤也對我有意思。二胡，你覺得呢？」

「應該只是普通朋友吧。」

「喂，你就不會鼓勵我一下嗎？」

二胡不理會榮，「咔滋咔滋」吃起香菇山。老實說他也覺得遠藤對榮有意思，但他不想告訴榮。如果真的是命中注定的情侶，就算繞再多遠路最終還是會在一起。所以他想叫榮自己加油。他知道自己個性有點壞。

「二胡呢？決定好要找什麼工作了嗎？」

「還沒。只要能去東京做什麼都好。」

「笨蛋，好好想一想啦。」

榮聽了顯得很傻眼，但二胡真的認為只要能去東京，做什麼都無所謂。自從十四歲決定尋死後過了四年半，他一直在扮演男大姐以避免歧視和霸凌，累積了不少壓力，打算到東京一次宣洩。

「唉，真想早點去東京。東京肯定多的是同志，在那裡既不會被歧視，生活又自由，戀愛機會一定也很多。」

澄澈的深藍夜空中閃爍著無數星星。大人們總說去了東京就無法看見這麼美的夜空，但二胡覺得無妨。他早已看膩這裡過於美麗的朝霞、晚霞和星空。這裡沒有他的容身之處。

「你也升學的話，就能好好玩樂一番了。」

「沒關係，比起升學我更想早點開始工作。」

最近爺爺奶奶上了年紀，無法像以前一樣做那麼多農活。父親公司的業績也不太好，一直沒有調薪。老實說二胡主要是因為經濟問題才放棄升學，但他不想抱怨這種事。畢竟如果真的想升學還是可以申請學貸，但他並沒有這麼想念書。

「而且家人對我已經很寬容了。聽到我要去東京工作時，爸爸和爺爺奶奶都沒有反對，還鼓勵我要努力出人頭地。我知道他們心裡其實是想要我繼承農業的。光是能離家生活就該心存感激了。」

「……這樣啊。」

榮喃喃低語。

「二胡這方面還真成熟。」

「很一般吧？」

「很成熟啊，雖然有點傻。」

二胡說著「那還真抱歉」轉過頭，正好和溫柔瞇起眼睛的榮四目相交。榮將大手放在二胡頭上，揉起他的頭髮。

「我們倆都在東京，要經常見面喔。」

二胡用力點頭。他很喜歡對方手的觸感。

「我再介紹遠藤給你認識，到時候三個人一起出去玩吧。」

「這就不用了，我不想見情敵。」

二胡說完，榮笑著應道：「好啦好啦。」

「先把『你喜歡我』這個設定擺一邊，要看遠藤的照片嗎？」

「已經看過很多次了。」

「這次是新的。」

榮說著便向他展示手機畫面。榮和遠藤偶爾會搭兩個半小時的電車加公車，在中間地帶的城鎮相會。前陣子他們去了一座較遠的遊樂園，連續好幾張都是他們以遊樂設施為背景比YA的自拍照。榮在其中一張停了下來。

「不覺得這張遠藤超可愛的嗎？」

那是遠藤看著鏡頭舔冰淇淋的照片。

「感覺很像昭和時代的偶像。」

「對對，和偶像一樣可愛。」

榮露出喜孜孜的神情。可惡，他連諷刺都聽不懂。話說回來遠藤有著滑順的黑髮、細長的眼眸，以及讓冷冽印象變得柔和的圓嘟嘟嘴唇。雖然不甘心，但他真的很可愛。而且有別於二胡刻意做出的男大姐舉止，遠藤的可愛中帶了點小心機，那些看似自然的動作感覺都經過精密計算。他絕對是知道自己可愛才這麼做的——但也有可

能是二胡想太多了。

「男生長這麼可愛太犯規了吧。」

見榮笑盈盈地盯著小小的螢幕，二胡有些火大，搶過他的手機，摟著他的肩自拍，再將手機壓在他臉上。

「你看看，我明明也長得很可愛。」

「是沒錯啦。」

榮用衣襬擦拭螢幕後，來回看了看二胡和遠藤的照片。

「你也是美男子。臉小、眼睛大，鼻子也挺。」

「是吧？我媽可是這一帶村子的傳說級美女呢。」

「雖說是傳說級，但這裡娛樂少到連泳池裡的醃菜石都能聊一個月耶。」

榮笑著將香菇山塞進二胡嘴裡。

「開玩笑的。你的確長得很好看，可惜我對你沒感覺。」

「為什麼？」

「問我為什麼……」

榮盯著空無一物的空氣思考。

「我也不知道，但戀愛不就是這樣嗎？」

二胡彷彿被冷不防敲了一棍。

「遠藤外表清純可愛，個性卻滿難相處的，也有自我中心的一面。我偶爾也會生氣，覺得他真是任性……」

「我懂。」

二胡將小巧的巧克力餅乾扔進口中。

「啊，香菇山太好吃了，竹筍村根本沒得比。」

他默默吃了會零食，在心裡重複說「我懂」。他也是這樣，戀愛本來就沒有理由。意識到時早已喜歡上對方，無法抽身。

榮不顧他的心情說這種話，真是殘忍。但錯不在榮。榮不知道他的心意，只是被偷偷暗戀，回應不了他的心情並不是榮的錯。

——榮沒有錯。

——可是我好痛苦。

二胡「咔滋」一聲嚼碎餅乾的部分。

「二胡，謝謝你。」

「咦？」

「能和你聊這些，真的對我幫助很大。」

見到榮靦腆的笑容，二胡感覺心上像有細針在扎。他之所以聽榮說這些，是因為即使難受也想多和榮在一起，內心甚至常有些自私的想法，比方說默默祈禱榮的戀情不要有結果……這樣自己就有機會。

就目前為止，戀愛對二胡而言既不快樂，也不帶有酸甜滋味。他很高興能以好友身分待在榮身邊，卻也因此知道一些本來不必知道的事，心情很複雜。他開始對這樣的狀況感到疲憊。

是否要繼續這場暗戀，決定權全在自己手中。從初識的國二夏天，一直到高三這個時期，同學們都在認真思考未來，他也開始覺得自己很多事都該做個了斷。對於未來、對於戀愛，是該死心，還是該坦白？

高三生的夏天和秋天一下子就過了。榮要考大學，不能花太多時間在玩樂上，準備出社會的二胡假日則更常幫家裡處理農務。

「妮可，你確定要去哪上班了嗎？」

二胡午休和同學聚在走廊上時，有人這麼問。

「還沒，不過跟老師討論之後找了幾間公司唷。」

「是哪間人妖酒吧？」

「喂，為什麼只能是人妖酒吧？還有別用人妖這個詞好嗎？」

他嘟起嘴唇表達不滿，另一個男生也加入對話。

「人妖和男大姐哪有差？反正都不是正常人。」

對方露出沒有惡意的笑容，使二胡內心不太舒服。他真希望對方改用異性戀這個詞。正常的反義是不正常，換言之他們才是正常人，二胡不是。他明白大家說話時沒有想那麼多，所以也只能逼自己忍住這股不適感。在此發怒也只會讓氣氛變僵而已。

「男大姐果然很難找到一般工作吧？」

——那是什麼偏見？

「就是說啊，畢竟會遇到歧視什麼的嘛。」

——你們不就是在歧視我嗎？

「有什麼關係？妮可長這麼可愛，去人妖酒吧上班一定會變成紅牌。啊，畢業之後我們一起去找妮可，點他的檯。」

「好啊，來趟東京人妖酒吧之旅。」

——就說別用人妖這個詞了。不要擅自決定我的人生。

二胡勉強保持笑容，這時榮正好從對面走來。女生喊著「一色同學」向他搭話。榮轉向他們這群人，發現二胡也在其中，便悄悄比出手槍手勢，做了個二胡才懂的暗號。光是這樣就讓二胡露出真心的笑容。

「一色同學畢業後也要去東京對吧？到時候一起來趟人妖酒吧之旅吧。」

榮聽了那個女生的話，疑惑地歪起頭。

「我們在聊工作，大家都覺得妮可畢業後去了東京一定會變成人妖酒吧的紅牌。」

「一色同學，妮可那麼喜歡你，你就跟我們一起去嘛。」

榮沒有回話，反而望向二胡。

「你找到工作了嗎？」

「還、還沒，是大家覺得好玩，擅自替我決——」

「有什麼關係？去人妖酒吧上班就是你的天職啊。」

「對啊對啊，做自己比較不會有壓力。」

頭上的蝴蝶結髮圈被人拉來拉去，彷彿連心也一同被拉扯似的。二胡表情僵硬地露出苦笑，發現榮正看著自己。

「喔，做自己啊。好像有這麼一首歌呢。」

榮唱起前幾年流行的〈Let It Go〉，惹得大家笑了出來。二胡對榮的反應有些不滿。他並不期待榮為自己說話，但——

「所以你們之後也會去男公關俱樂部或酒店上班嗎？」

榮的一句話令眾人目瞪口呆。

「既然認為男大姐或男同志就該去同志酒吧上班，那麼喜歡女人的男人也該去男公關俱樂部，喜歡男人的女人則該去酒店上班不是嗎？」

「哈哈，不要說這麼荒謬的話好嗎？」

「對別人可以開這樣的玩笑，換作是自己就覺得荒謬了嗎？」

聽見榮認真地這麼問，眾人笑意盡失，面面相覷。榮瞥了他們一眼後，說了聲「再見」便和友人離去。他微微聳起肩膀，看起來十分生氣。二胡目送著那寬闊的背影時，忽然聽見一聲「妮可……」。

「對不起，我們不是故意的。」

「玩笑開過頭了，抱歉。」

「……不會，沒關係唷。」

二胡點了點頭，感覺到對榮的情感在心中持續滋長。

暗戀不快樂也不帶酸甜滋味。難過的事太多，已經想要放棄了，卻有一股加倍強大的力量留住想要離去的心。

二胡做了一個決定。

——我要在畢業那天告白。

被拒絕也無所謂，反正畢業後就不會再見了。

他這麼想時，就已做好被拒絕的心理準備。

能和榮在一起的日子所剩不多了——二胡望向窗外的晴朗藍天心想。

父親在年末回到老家。他問二胡要不要久違地和他上街吃頓飯，已經高三的二胡自然是不願意和父親單獨出門。不過聽到父親說會幫他買衣服，就心甘情願地跟去了。準備搬去東京的他很需要衣服。

他們在鎮上的服飾店買了大衣、上衣、圍巾和毛帽。父親今天特別慷慨。雖然時間尚早，他們還是進到一間大阪燒店吃晚餐。

「二胡，恭喜你找到工作。」

鐵板另一頭的父親鄭重其事地舉起啤酒杯。之所以罕見地邀他單獨出來，就是想慶祝他找到工作。二胡說著「謝謝」，舉起裝著可樂的杯子，和父親碰杯。

「……不過還是委屈你了，你應該很想上大學吧？」

父親突然低頭道歉，令他嚇了一跳。

「沒、沒關係啦，我沒那麼喜歡念書。」

「我該再努力多賺點錢才對。」

「就說不要緊了嘛。爸，你已經很努力了。」

母親和城裡的男人外遇離家後，父親在這座婚喪喜慶都會成為大新聞的村子，承受著憐憫或好奇或無禮的鼓勵，堂堂正正地將二胡養大。知道二胡是同志時也沒有責備他，只說了句「這樣啊」就接受這個事實。

爺爺奶奶也一樣，對他說「二胡，別擔心，我們去鎮上的大醫院看病」。儘管他們對同志的理解程度是負值，但身為家人仍真心關心他。周圍的人肯定說了很多閒話，可是他們從不讓這些話傳進二胡耳裡。

「而且我很期待可以開始工作。你看看這個。」

二胡拿出手機，向父親展示自己即將進入的那間公司的網站。

「是間專門為名牌精品店做裝潢的公司，很酷吧？」

他舉了幾個粗獷的父親也聽過的知名品牌，父親睜大眼睛說「真不錯」。介紹文中也強調那裡是個充滿創造力的職場。

「是嗎，你也能獨當一面了啊。」

父親瞇起眼睛，望著網站畫面頻頻點頭。

「我會努力工作，領到薪水再買禮物給你們。」

「不用了，花在自己身上吧。另外也別忘了存錢。你已經壓抑得夠久了，不用顧慮我和爺爺奶奶，在東京自由生活吧。」

「……爸。」

父親這個人話不多，也不太會說教或教訓小孩。不過他心裡明白二胡吃了很多苦。

「謝謝，我會加油的。」

二胡告訴自己不能哭，無奈視線還是變得有些模糊，只好低頭掩飾。父親裝作沒注意到，確認大阪燒烤得如何後，為二胡倒了點啤酒要他淺嘗一杯。

就在他懷著溫暖的心情走出店門，和父親前往車站時。

「二胡。」

忽然有人向他搭話，回過頭去，只見榮站在那裡。

「……啊，榮。」

二胡沒能多說什麼，因為只在手機螢幕上見過的遠藤就站在榮身邊。遠藤看上去是個強勢的和風美男子，而且本人遠比照片更漂亮。見二胡呆站在原地，榮羞澀地將臉湊了過來。

「他突然說想見我。」

榮開心地對二胡耳語，使二胡的心情倏地消沉下去。

「你好。」

遠藤從榮的肩膀後方向二胡點頭致意，二胡連忙低下頭。

「二胡，他們是你的朋友嗎？」

聽見父親這麼問，二胡的視線在父親、榮與遠藤之間游移了一會。

「對，這位是榮，我的高中同學。那位是……」

「初次見面，我是遠藤直樹。」

遠藤主動向二胡的父親打招呼。見到遠藤彬彬有禮的態度，二胡想起之前曾聽說他父親是地方中學的副校長。二胡父親對榮說「二胡平時受你照顧了」，接著詢問遠藤：「你也和二胡念同一所高中嗎？」

「不，我是榮轉學前的高中同學，不過我們很常見面。對吧？」

遠藤望向榮，榮也望向遠藤。兩人點點頭，相視而笑。此時散發出的親密氛圍溫柔地將二胡排拒在外。

在回程的電車上，父親不斷感嘆。

「現在的年輕人真有型。榮成熟得不像高中生，遠藤也像女孩一樣可愛。不過還是我們家二胡最帥。」

「太偏袒自家小孩了吧？」

「不會啊，畢竟你長得像你媽。你媽年輕時可是村裡的偶像，全村的男生都喜歡她，最後卻被我追走了。」

父親在大阪燒店喝了啤酒，心情很好，難得說起母親的往事。儘管母親和外遇對象私奔了，父親仍對她有所留戀。大家都說二胡長得像母親，個性像父親。他多年來遲遲放不下喜歡的人這一點確實和父親相似。

途中父親靠著椅背打起瞌睡，二胡則望著映照在夜晚漆黑車窗中的自己。遠藤的長相比照片上見到的漂亮多了。

他給人一種洗練而高貴的印象，和二胡完全相反。

不過外表已經不是重點。

他和榮之間瀰漫著甜蜜氛圍，肯定是兩情相悅。

與映在車窗上的自己對視越久，向榮告白的決心就越動搖。

寒假結束後，高三生幾乎不再去學校。

二胡最近常到隔壁村的農家打工。雖然爺爺說想賺零用錢的話在家幫忙就行，但農家子弟幫家裡務農是理所當然，他也不好開口向家人要錢。因此除了打工外，他在家時也會幫忙，每天都過得很忙碌。

上週領到薪水後，二胡買了榮的生日禮物，完成打工的主要目的。去年榮生日時，他們只在常去的公園用果汁乾杯慶祝而已。二胡雖然能開玩笑說自己喜歡榮，但身為朋友若送太貴重的禮物，心意可能會被看穿，因此他不敢送。

今年不一樣。畢業那天告白之後，他與榮的緣分應該也會就此告終。

年底巧遇遠藤與榮那次後，二胡曾考慮是不是不要告白，和以前一樣繼續當朋友就好，但考慮到自己有著和父親一樣遲遲不肯放手的性格，他還是認為該趁此機會主動放下。

——既然如此，我想送他一個能留存在手邊的東西。

想來想去，最後決定送他之前一直想要的限定版球鞋。雖然穿舊了可能會被丟掉，但這樣的東西或許正適合送給單戀的對象。

昨天是榮生日，二胡和他約好今天打完工後見面。他本來想約生日當天，但榮要和遠藤用 Skype 通話，拒絕了二胡。

二胡嫉妒到心想網路這種東西乾脆消失算了。但這畢竟不是重點。在沒有網路的時代還是能用電話，連電話也沒有就用書信往來。互相喜歡的兩人總是能想到方法。

想太多會導致心情沮喪，因此他努力讓自己變得遲鈍些。雖然晚了一天才幫榮慶生，但一切都已準備就緒。禮物包得漂漂亮亮，二胡也穿了父親幫自己買的新大衣和上衣。今天的自己肯定比平時帥氣。

然而當他意氣風發地來到打工地點，卻被要求下田施肥。要是頭髮和身體沾染上臭味怎麼辦？其他來打工的人全都在溫室採收。二胡問過有沒有人願意跟他換工作，但大家都討厭施肥，沒人願意接。無奈之下他只好換上工作服走向菜田。

——唉，難得穿好看一點卻遇到這種事，真倒楣。

抱怨歸抱怨，二胡還是努力施完肥，收拾了一下東西不知不覺就成了最後一個離開的人。約定的時間快到了。其他人似乎都已經離開，他趕緊在用簾子簡單隔開的倉庫角落換衣服。

二胡嗅聞大衣確認有沒有臭味時，忽然發現簾子後方站了個人。拉開簾子一看，是農場主人的兒子真人。

「噢，是真人啊，嚇我一跳。怎麼了？」

真人已經國二，卻都沒幫家裡做事，偶爾與他擦身而過時，也都低著頭不打招呼，給人陰沉的印象。二胡依稀聽說他在學校被霸凌。

「有什麼事嗎？」

他透過長瀏海的縫隙，目不轉睛地瞪著二胡。

「……是真的嗎？」

「什麼事？」

「二胡真的是同性戀嗎？」

這突如其來的問題令二胡愣住了。

「你是男生，卻也喜歡男生嗎？」

真人向前一步，在狹小的空間中步步逼近。二胡意識到狀況不太妙，正想退後時，真人使勁抓住他的肩膀。他重心不穩跌坐在地，真人立刻整個人壓了上來。

「只、只要是男生，你都能接受嗎？」

二胡目瞪口呆。但現在可不是驚訝的時候。

「怎麼可能？放開我。」

「那我也可以嗎？」

「聽我說啊！」

真人已經完全喪失理智，聽不進二胡說的話。體格好到不像一般國中生的他牢牢掐住二胡的臉，露出興奮難耐的表情將臉湊近。

「混帳！白痴！放開我！……唔，嗯嗯嗯！」

對方強吻了他，使他腦袋一片空白。

——我的初吻……

二胡用盡全力閉緊嘴唇，死都不讓他的舌頭伸進來。溼熱的喘息聲和鼻息令人作嘔。真人將手伸向二胡大腿根部，二胡渾身一陣雞皮疙瘩。不要。二胡死都不想讓他繼續下去，卻恐懼到無法出力。榮，救救我。榮。榮。

他在腦中拚命求救時，簾子忽然被人拉開了。

「還有誰在……天啊！」

是真人的母親。真人嚇得回過頭去，二胡反射性地踢了他一腳後，將他從自己身上拽開。而後驚慌地起身，顧不得亂七八糟的頭髮和衣服，撿起被扔在地上的包包和禮物袋。

「久美濱，你對真人做了什麼？」

「不、不好意思，什麼事都沒有。再見。」

二胡支支吾吾地說完便衝出倉庫。

被襲擊的一方明明不需要道歉，然而對現在的他來說，恐懼遠勝過不甘或憤怒等情緒，只想盡快逃離真人。他拚命抹著嘴唇，抹到嘴唇都要破了，跳上腳踏車直奔榮身邊。

到了約定的公園，已先抵達的榮瞪大眼睛。

「你怎麼了？渾身髒兮兮的。」

「在、在路上摔了一跤。」

他羞恥到不敢說自己被國中生襲擊。

「怎麼會跌倒？又不是小學生了。你看你，都是泥巴。」

榮替他拍了拍沾滿泥巴的背部和臀部。

「……謝謝。」

二胡直到看見榮才冷靜下來，意識到自己的模樣。那間倉庫的地面是裸露的泥土地，二胡被推倒在地，大衣和褲子上自然沾滿泥巴。難得穿新衣服出來卻變成這樣，懊惱的心情如今才油然而生。

令他更衝擊的是禮物袋上竟然多了個鞋印。一定是真人踩的。請店員包得漂漂亮亮還打上蝴蝶結的盒子也凹了下去。怎麼辦？這麼破爛的禮物沒辦法送出去。

二胡低下頭，無意間看見榮的鞋子，不由得睜大眼。

「榮，那雙球鞋……」

那正是二胡打算送他的球鞋。

「是遠藤送我的。昨天突然收到他寄的包裹。」

榮說著輕巧地抬起一隻腳。

「他還附了張卡片寫著『生日快樂，春天起就能一起在東京念書了，考試加油！』。他事前什麼都沒說，害我嚇了一跳。」

榮既害臊又欣喜地頻頻望向自己腳邊。

完全沒注意到二胡正泫然欲泣地望著自己。

「其實啊，我們約好如果兩人都考上東京的大學，就要住在附近。」

「喔，這樣啊。」

啊，真好。二胡打從心底羨慕遠藤。

真想變成遠藤，一次也好。

真希望榮也能像這樣喜歡自己。

「萬一落榜可就難堪了。」

「以你的成績不會落榜啦。」

二胡將有鞋印的袋子藏到身後笑道。

「榮，生日快樂。」

說著便從包包裡拿出果汁和零食。

「謝啦。啊，是竹筍村。」

「因為是你生日嘛。」

「送竹筍村當生日禮物，好小氣喔。」

「不然我把自己也送給你吧。」

二胡用手比了個愛心，榮立刻說「我要竹筍村就好」。二胡誇張地放聲大笑。笑著，笑著，拚命忍住快要落下的淚水。

他們一如往常聊了兩個小時沒營養的話題後，互相揮手道別。二胡目送榮的腳踏車離去，自己也慢吞吞地踩起踏板。他一直逼自己打起精神，因而感到疲憊不堪。禮物到頭來還是沒送出去，掛在手上沉甸甸的。

這是二胡能為榮過的最後一個生日，卻和去年一樣什麼都沒變。不，甚至比去年還糟。珍貴的初吻在強暴未遂的混亂狀況下被奪走，新買的大衣和褲子沾滿泥巴，左思右想準備的禮物竟然和遠藤送的一樣，盒子還被踩扁，附上了一個腳印。

——這是什麼？一場鬧劇嗎？

騎到河堤附近時，他再也無力踩動踏板，整個人趴在腳踏車手把上。好丟臉，好難堪。自己到底做了什麼壞事，非得承受這種痛苦不可？

他低著頭，眼角餘光瞥見被踩髒的袋子。那是最初也是最後的禮物，卻沒能送出去。二胡咬著下唇，衝動地將袋子朝河堤扔了出去。

「榮這個王八蛋！」

禮物在黃昏的橘紅空氣中畫出一道弧線，落入冬季枯黃的草叢中。二胡見它落下之後，再度踩起踏板。

扔了，扔了。啊，爽快多了。

這下子全部結束了，對榮死心吧。

二胡志得意滿地踩著踏板，但很快又停了下來，回過頭去。袋子落下的地方靜悄悄一片。那個袋子肯定會一直靜靜地待在那裡吧。

受盡雨雪風霜的吹打，逐漸變得破爛。

在無人知曉的情況下變成垃圾。

連自己都對自身的心意棄之不顧。

二胡將腳踏車停在路旁，撥開草叢緩步前進。然而袋子卻不在他所認為的地方。天色越來越暗。在哪裡？掉到哪去了？他在草叢中拚命尋找，好不容易找到時不禁紅了眼眶。

——對不起，對不起，對不起把你丟掉。

那個被踩得不成原形的禮物如同他的心意，回過神時自己已將袋子緊抱在胸前。對不起，連我也把你丟掉——二胡隱身在那高高的草叢中，哭了起來。

總而言之，我要殺了那個可惡的色小鬼。

夜裡二胡暗自下定決心，忽然聽見房間的玻璃窗傳來敲打聲。夏天會撞上窗戶的通常是昆蟲，尤其是巨蛾，隔天早上窗戶總會沾著鱗粉，要費一番工夫才能擦乾淨，但現在是冬天。二胡小心翼翼拉開窗簾，什麼都沒見到。正當他疑惑地歪起頭時，聽見有人說「不好意思」。往下一看，只見他想殺死的可惡色小鬼就站在那裡。

「你來這幹嘛？來受死的嗎？」

二胡拿著房間裡的金屬球棒，在夜晚的後院與真人對峙。真人將下巴縮進圍巾裡，不發一語。二胡嘆了一口氣。

「決定了，我現在就要殺了你。」

他舉起金屬球棒，真人連忙抬起頭。

「那、那個，不、不是的……」

「不是什麼？」

「我、我是來道歉的。」

「道歉有用的話，就不需要警察和球棒了。」

「我知道。就算被殺，我、我、我也不會有怨言。」

他這麼說讓二胡很難下手。

「殺了我也沒關係，我、我還是想道歉……嗚、嗚嗚……」

真人流著淚，全身癱軟蹲了下來。

「明知道偷偷看著你就好，可是聽到你對所有男、男人來者不拒，我就失、失、失去了理智……」

將他哭哭啼啼說的那些話拼湊起來後——

「你『也是』嗎？」

二胡問完，真人隔了良久才微微點頭。

「所以，你喜歡我？」

真人再度點頭，二胡深深嘆了口氣。

——可惡，這樣更不能殺他了。

二胡抱著金屬球棒蹲下，注視著不斷啜泣的真人。奪走別人的初吻還哭得這麼可憐，太狡詐了。他很想這麼說，但是哭泣的真人令他想起從前的自己，便無意再責備對方。

「別哭了，算了啦。」

他像榮偶爾對自己做的那樣，輕拍真人的頭。真人抬起頭，吸了吸鼻子。見到真人如小動物般畏怯，二胡無奈地垂下肩膀。

「像我們這種人，生活在鄉下還真辛苦。」

「……二胡。」

「我不能和你交往，不過你心裡的苦我很明白。」

二胡說完，淚水已經止住的真人再度溼了眼眶。二胡原以為他是因為個性陰鬱才會被欺負，但看來不是。或許他原本不是這種個性，只是無法向人傾訴自己不同於他人的一面，漸漸封閉了自己的心。

「覺得快撐不住的話隨時可以找我聊聊。」

二胡拿出手機，和真人交換聯絡方式。

「謝、謝謝……哈啾、哈啾。」

真人哭著打了兩個超大的噴嚏。他說自己來這之後一直提不起勇氣叫二胡出來，在外面呆站了一個小時。二胡從家裡拿了暖暖包給他。真人向他道謝，打著噴嚏、吸著鼻子回家了。

一週後，二胡遭真人襲擊的事，不知為何被傳成二胡襲擊真人，在附近村子一帶傳開。將事情傳出去的是真人的母親，真人愧疚地傳了 LINE 訊息來。

二胡，對不起，我會把真相告訴我媽。

二胡只回了不要跟父母說。

他很快就會畢業離開村子，但真人還得留在這裡生活好一陣子。與其勉強戰鬥而身受重傷，不如屏住聲息等待風暴過去，再看準時機逃離。這麼做並不懦弱，這是弱小的人用以生存的方法。

——我只要再忍耐一下就好。

——反正我已經習慣了。

——也不會受傷。

不過他仍對爺爺奶奶感到抱歉。

「二胡不會做那種荒唐事，這個我們很清楚。」

爺爺從田裡回來，盯著擺滿午飯的餐桌突然這麼說。奶奶也點點頭，在所有人的碗裡添上滿滿的白飯。

「多吃點飯才有力氣。」

二胡接過足足有兩碗份量的白飯，低頭說「謝謝」。然後在心中說了聲「對不起」。看來他們也聽說了二胡和真人的傳聞。他心想，自己至今究竟害爺爺奶奶受了多少委屈呢？他已不認為身為同志有什麼錯，然而想到造成家人的心理負擔，還是很難過。

「村裡那些人也有毛病。我們家二胡怎麼可能做那種事？」

年邁的爺爺仍有一口好牙，嚼起爽脆的醃菜說。

「……爺爺。」

正當他為爺爺的愛所感動時。

「二胡，不用擔心。現在醫學這麼進步，肯定有很多好藥。」

爺爺接著氣沖沖地這麼說，令他失落地垂下肩膀。

「嗯，哈哈，謝謝。」

二胡曖昧地笑了一下。他明白爺爺很愛他，但要是能再了解同志一點……這樣可能要求太多了吧？沒錯，現在這樣就夠了。他吃完奶奶做的美味午飯，正準備去田裡幫忙時接到榮的電話。

『二胡，你馬上出來。』

『怎麼這麼突然？』

『來就對了。我在平時的公園等你。』

榮說完這句話就掛斷電話，二胡向爺爺道歉後暫時放下手邊工作，不解地前往公園，已經先抵達的榮露出嚇人的表情質問他。

「為什麼不跟我說？」

「什麼事？」

「聽說你襲擊了雇主家的國中生兒子。我聽外婆說起這件事時嚇了一跳。」

二胡的心臟不安地猛烈跳動。他沒想到這件事會傳進榮耳裡——

「我什麼都沒做。」

「那還用說！」

榮大吼一聲打斷他的話。

「是幫我慶生那天吧？你渾身都是泥巴。為什麼要騙我說你摔倒？被襲擊的是你吧？為什麼不告訴我實情？」

「咦，呃，可是……」

「什麼都沒有。」

「他對你做了什麼？」

「你老實說。他是不是……對你做了什麼難以啟齒的事？」

「他沒有！」

二胡不禁激動否認，反倒間接承認了這件事，榮聽完臉色大變。

「我要殺了他。是比野村那座大型溫室農場的小鬼吧？」

榮說著便轉過身，二胡連忙拉住他。

「等等！他真的什麼都沒做，只強吻了我，就只有這樣！」

榮表情凶惡地回過頭。

「這哪裡叫沒事？」

「……呃，可是我一點都……」

二胡對自己的語塞感到懊惱。他不想讓喜歡的人知道自己被國中生襲擊，還被奪走初吻，因而勉強擠出笑容。

「這種事沒什麼，我又不是女生。」

「這不是重點。」

見榮用力皺緊眉頭，二胡感覺自己的胃縮成一團。

「真的沒關係，我一點都不在乎。」

沒錯，所以他必須保持笑容。沒什麼大不了的。很快就要畢業了，很快就不必再忍受這種事。正當他拚命傻笑時，公園前方碰巧有一群小孩經過，幾位母親跟在後頭。孩子們停下腳步，指著二胡「啊」地大叫一聲。

「是死同性戀二胡！」

「別靠近他，否則他會對你做色色的事喔！」

天真的聲音宛如一把利刃插在二胡心上。他下意識握緊拳頭。那不過是小孩子的玩笑，別在意，別在意。可是時機未免太差了。這樣下去他可能真的會哭出來，因此便朝孩子們跑了過去。

「再說下去，小心我這樣對付你們。」

二胡追著嬉笑逃竄的孩子們，拉住其中一個小孩的外套帽子，用手臂夾住小孩的頭。他並沒有用力，但幾位母親卻大驚失色飛奔而來。

「不要對我家小孩動手動腳。」

「咦？什麼？」

對方將他當作襲擊小孩的變態，令他錯愕不已。原本還在笑鬧的孩子們見到幾位母親劍拔弩張的態度也目瞪口呆。

「要是你敢對我小孩亂來，我會立刻報警。」

——為什麼？我只不過和他們鬧著玩。

話已經到了嘴邊，心中隨即湧上一股放棄爭辯的情緒。自己在「這裡」是異類。他至今無數次被迫認知到這個現實，心情已超越憤怒和不甘，達到覺悟的境界。與其每次都生氣，這樣也比較輕鬆。

「……好的，對不——」

「你不用道歉。」

他轉過頭，和火冒三丈的榮對到眼。

「你根本沒做錯什麼。」

榮走到二胡身旁，面對孩子們的母親。

「幾位阿姨，剛剛妳們的小孩說二胡是『死同性戀』，是他們先說了失禮的話。如果想教訓人，請先教訓自己的小孩。請教他們何謂禮貌。」

「你在說什麼？他摸了我小孩的身體。」

「是啊，他用手環住小孩的肩膀，像要抱住他一樣。」

「那只是普通的夾頭動作。幾位阿姨既然有兒子，每天看小孩子打鬧應該知道才對。可是為什麼妳們看到二胡做同樣的動作會大驚失色？同志只是正常生活，卻被妳們當作犯罪者。這不就是歧視嗎？」

「我們沒有這麼說啊。」

「妳們說了要叫警察來。我猜妳們一定是聽信那則荒謬的傳言，以為二胡襲擊了某個國中生。他才沒做那種事。幾個大人聽信毫無根據的傳言，聯合起來欺負一個高中生好玩嗎？這個村子的大人差勁透了。」

榮並未大吼大叫，但從表情和聲音感受得出他真的很生氣。母親們尷尬地面面相覷，孩子們則一副快要哭出來的樣子。

「……算了，我們走吧。」

母親們各自牽著小孩離去。其中一個小孩回過頭哭喪著臉說「二胡，對不起」。

二胡點點頭，朝他微微揮手。

現場只剩下二胡和榮兩人，二胡瞄了榮一眼。

「……榮，謝謝你。」

「你也別一聲不吭地乖乖道歉。」

榮臉上仍顯露著憤怒與不甘。二胡不知該說什麼而保持沉默，只見榮的表情逐漸產生變化，從憤怒不甘轉為泫然欲泣。

「……你為什麼不生氣？你大可發脾氣啊。我受不了你被人那樣說。明明不關我的事，我卻感同身受地一肚子火。」

榮整張臉皺了起來，低下頭去。

「……榮。」

啊，該怎麼辦？我還是好喜歡榮。

自從國中遭遇霸凌後，無論是被同學拿職業開玩笑、聽到真人的傳聞，還是現在，各種時候二胡都叫自己要忍耐，只要撐到高中畢業就行了。但是他內心其實很生氣、很不甘心。每一次都是榮拯救了他。

啊，糟糕。視線一下子模糊起來。二胡壓抑不住湧上來的淚水，趕緊低下頭，淚水也在同時滴落。他連忙用手背擦掉。

「啊、啊，二胡，對不起。我說得太過分了。」

榮慌張地朝他伸出手，他搖了搖頭。榮為了他發怒，榮說自己感同身受地滿腔怒火。二胡雖為沒用的自己感到羞慚，但更為榮的這份心意感到高興。這是欣喜的眼淚。

他很想這麼告訴榮，氣卻喘不過來，只能發出一頓一頓的聲音。

「別哭了，這樣我不知道該怎麼辦。」

「對、對不……可是停不下……嗚。」

他想忍住眼淚，反而哽咽起來。這樣簡直像小孩子似的，他的耳朵不由得發熱。可惡，眼淚快停下來，停下來。正當他拚命忍耐時，榮忽然抱住了他。

「我知道了，沒關係。不用忍，盡情哭吧。我允許你哭。」

什麼「我允許你」，一副高高在上的樣子。可是他好開心，因為榮正抱著自己。

他一面抽泣，一面重複說著「謝謝」。他在這座村子生存不下去。這不是他太過悲觀，而是擺在眼前的現實。即使如此，只要榮在身邊就不覺得孤單。

畢業典禮前一晚，他整夜都睡不著。

典禮順利結束，過程中二胡並沒有特別的感觸。他頭上紮著男大姐造型的紅色緞帶領取畢業證書，家人也在家長席瞇著眼見證了這一幕。

典禮結束後全班合寫了張卡片給班導，二胡身為全校最受歡迎的男大姐，有很多人想和他單獨合照。一群學妹圍著他說「妮可學長，祝你在東京交到理想的男友」，還送了他許多可愛的緞帶和髮夾。

「妮可，惜別會辦在加田站的卡拉ＯＫ喔。」

二胡向告知自己的同學說了聲「ＯＫ」，便急忙去找榮。榮和藉由搞笑而受歡迎的二胡不同，是真的因為自身魅力而受女生喜愛。

「一色學長，去了東京之後也要加油。」

「我明年也想考學長念的大學。」

榮被一群積極主動的女孩子包圍，顯得十分害羞。外面還圍了一圈難過到紅了眼眶的女生。正因為真心喜歡，反而無法隨意搭話，只能讓這股焦躁難耐的愛意悶在心裡。二胡深切理解她們的心情。

二胡站在這兩圈女生的更外圍望著榮。

榮和她們打過一輪招呼後四處張望。一看見二胡，榮的臉登時亮了起來，喊著「二胡」朝他跑來。在學校一直都是二胡單方面向榮示愛，因此眾人面露驚訝，交頭接耳地說：「咦？」「他們感情有那麼好嗎？」

「笨蛋，這裡是學校，別主動來找我。」

「都畢業了，應該沒關係了吧？」

榮輕鬆地說完，二胡也輕笑起來。

「是嗎？嗯，說得也是。」

二胡點了點頭說「啊，終於自由了」並將雙手高舉向天空。從今以後不必再用男大姐的措詞，也不必再營造形象，能夠以真實的自己活下去。榮他們班的惜別會辦在車站後面的保齡球館，因此兩人一同前往車站。

「這也是最後一次走這條路了。」

「畢竟除了上學外也不太會來這一站。」

二胡將手插在大衣口袋，邊和榮閒聊邊緩步向前走。他表面裝得一派悠哉，實際上緊張到心臟快要爆炸。

——我今天就要向榮告白。

二胡知道百分之百不會成功，但這樣也無所謂。從初識那天過了四年半，他一直珍藏著這份心意。他決定不要丟棄它，讓它自由。

「我有話想對你說。」

他按捺住緊張，開口說道。

「咦，真的假的？我也有事想告訴你。」

榮說著「太巧了吧」轉向二胡。

「什麼事？你先說吧。」

告白被拒絕之後就沒辦法像往常一樣聊天了。榮說著「那……」用手指搔了搔下巴。二胡內心莫名躁動，在心裡「啊……」了聲，有股不好的預感。

「我和遠藤在一起了。」

——啊……

內心傳來一陣薄冰破碎的聲響。

「我們互相報告考上大學時，我半開玩笑地問他要不要一起住，他也半開玩笑地回我說好啊。我說先不論有沒有要一起住，總之我這份心意是認真的，遠藤說他也是。然後，呃，怎麼說，自然而然就……」

二胡走在害羞到無以復加的榮身旁，望著熟悉的小鎮風景。

這有什麼關係？反正早就知道百分之百不會成功。

他們倆開始交往和自己一直暗戀著榮是兩回事。

所以告白吧。了結一樁心事，然後完完全全將這件事放下。

快點，鼓起勇氣。快點——

「二胡。」

二胡轉過頭，和害臊的榮對上眼。

「謝謝你。多虧有你一直陪我商量這件事。」

「啊……」

二胡感覺到內心那層薄冰不但破裂，還被重物壓得粉碎。

榮，你怎麼這麼不會察言觀色？我正準備向你告白啊，混蛋。你這人真的太殘忍，太殘忍，太殘忍了。

然而，但是，即使如此，我還是好喜歡你。

二胡將粉碎一地的東西收集起來，勉強擠出笑容。

「很好啊，恭喜你。」

「嗯，謝謝。你要跟我說什麼？」

榮並沒有滔滔不絕地說起他和遠藤之間的甜蜜事蹟。

「……呃，也沒什麼，反正不是什麼大事。」

二胡笑著帶過。他內心不抱期待，也知道百分之百不會成功。但還是無法在聽到榮和遠藤順利在一起後向榮告白。

榮現在很幸福。二胡一方面不想擾亂他的心情，另一方面又想咒罵這糟糕的狀況，同時也對自己總在重要時刻搞砸一切而感到羞愧。各種情緒混雜在一起，使他腦袋一片混亂。他迷迷糊糊地說「找好房子後告訴我地址」、「到了東京再一起玩」，對話於是變得與平時無異。

「下次見。」

「嗯，下次見。」

兩人爽快地互相揮手，好像很快就會再見似的。

與走向保齡球館的榮道別後，二胡搭電車前往下一站的卡拉ＯＫ。到處都是穿著同樣制服的學生，紛紛向二胡打招呼。二胡平常總是笑咪咪地回道「哈囉」，現在光是維持笑容就已費盡全力。

電車很快就抵達目的地。車門開了，但他無力起身。他透過車窗看見同班的女生走在月臺上，對方也注意到他。

「妮可，惜別會的場地就在這一站喔。」

她笑著招了招手，二胡卻沒能做出任何反應。車門關上，車身劇烈搖晃了一下後開始行駛。那些張著「啊」嘴形的女同學身影越來越小。二胡靠著帶有光澤的綠色椅背閉上眼睛，身體隨著電車不斷搖晃。

到了轉乘車站下了車，月臺上依舊可以見到身穿相同制服的人群。

「啊，妮可學長，畢業快樂。」

「喔喔，妮可。聽說你要去東京工作，是二丁目[3]嗎？」

「現在男大姐很受歡迎，當上藝人爆紅吧。」

二胡走向對面月臺的途中，許多人接連向他搭話。每當這種時候，他總會刻意做出誇張的搞笑動作、拋媚眼，或回以飛吻。這些全是他為了在此生存下去而塑造出的護身盔甲，然而——

「各位。」

他停下腳步回過頭。眾人露出一副「哦？」的表情。

3 新宿二丁目為東京知名的同志聚集地。

「謝謝你們一直和『妮可』和睦相處。」

他用的是自己本來的聲音，既沒有拉高音調，也沒有用男大姐措詞。眾人鴉雀無聲。他接著拆下頭上的紅色蝴蝶結髮圈，說著「給妳」便遞給身旁一名學妹。這突然的舉動使學妹疑惑得不停眨眼。

「妳比我更適合它。」

二胡以真實的樣子對她微笑，學妹立刻紅了臉頰。

「那麼，請大家保重。」

他向呆愣的眾人揮揮手，走向對面的月臺。

一小時只有一班，不方便的單線單節電車，今天卻在巧妙的時機報到。車內空蕩蕩的，只有一位老婆婆坐在最旁邊的座位。

二胡沒有在空位坐下，而是站在門邊看著窗外流動的風景。

在最後的最後，電車來得正是時候。

從國二和自己一同努力過來的妮可也在今天功成身退。

已經沒必要勉強偽裝自己。

也不用再買可愛的髮圈。

四月起即將展開夢想中的東京生活。

他將在充滿創造力又優雅的職場工作，在二丁目認識帥氣的同志，談一場精采的戀愛。那裡與將同志視為性犯罪者的鄉下不同，肯定有很多愉快的事。

未來滿是希望，實在令人期待。

儘管這麼想，視線卻逐漸變得模糊。

畢竟最後還是沒能傳達自己的心意。

懷著這麼大的遺憾，真的能展開新生活嗎？

原本想在傾訴完所有心情後，讓一切重新開始。然而現實不像遊戲那樣簡單，他心中仍然混雜著希望與後悔，像是被人推了一把似地向前邁步。雖然有些忐忑，但也只能往前進了。

窗外流淌的風景中，滿布著三月冷冽而澄澈的光輝。

非玫瑰色人生

Dear Nicole

來到東京後，二胡首先訝異於人口之多。通勤時間的電車上擠滿了人，人數甚至比二胡以前認知的「鬧區」還多幾十倍。下車時也很辛苦，還沒擠出去車門就關了，導致第一天上班就差點遲到。

這裡的水也難喝到令他嚇一跳。他以前對於人們總是花錢買水感到不解，喝過東京的自來水後才明白。這裡的水有股怪味，一點都不甜，喝了喉嚨還會乾乾的。這不是他所知的「水」。

超市賣的蔬菜也又貴又難吃，他不禁懷念起爺爺種的那些滋味濃郁的蔬菜。以前總希望早餐可以吃麵包，如今每天早上只吃甜麵包或超商飯糰就出門上班，反而深深思念起奶奶用高湯細心煮出的味噌湯和燉菜。自從離家後，才體會到自己成長過程中吃的食物有多豐盛。

不過過了半年之後，人多和東西難吃他都習慣了。無論是面對好生活或是壞生活，人似乎都習慣得很快。但也有無法習慣的部分。

那就是工作。別說習慣了，甚至一天比一天更加辛苦。

二胡滿懷幹勁地進公司，卻發現和自己嚮往的完全不同。替名牌精品店做裝潢這點確實不假，但設計圖早已確定，他們公司只承包一部分的工程管理。年輕的二胡擔任的是主任助理，講白了就是打雜。他必須在滿是塵埃的工地和師傅一起工作，隨時都得穿著弄髒也無所謂的衣服。

新開幕的店家還無妨，若是要替營運中的店家裝修，就必須等到打烊後再徹夜趕工，過著日夜顛倒的生活。他們公司負責的工程遍布全國各地，因此很常出差。而且薪水又很低。

夢想中那充滿創意的東京生活究竟去哪了——

「總覺得事情不該是這樣。」

二胡在經常造訪的二丁目酒吧如此抱怨，老闆說著「辛苦了」端給他一杯薑汁汽水。這裡的老闆很守法，不讓未滿二十歲的二胡飲酒。

「妮可，這世上應該沒幾個人真的對自己的工作滿意。像我白天就得穿著硬邦邦的男用西裝，到處向人鞠躬哈腰跑業務。真是累死我了。」

外表是型男，內在是男大姐的常客在二胡身旁嘆著氣。

「妮可，我來教你一招吧。無論是工作、戀愛或私生活，凡是遇到不開心的事，只要念一句咒語就能得救。」

老闆說完，不只二胡，所有坐在吧檯的客人全都好奇地探出身子。

「遇到不開心的事，儘管沮喪沒關係，只要最後在心裡加一句『這時還沒有人知道，這個人未來會拯救世界』。」

「什麼嘛……」常客們紛紛失落地垂下肩膀，唯有二胡噗哧一笑。

「妮可還是笑起來比較可愛。」

老闆端出焦糖爆米花請二胡吃。二胡道謝後吃起那香甜的零食。在與理想相去甚遠的東京生活中，唯一能喘息的機會，就是來這間酒吧喝一杯。這裡與將同性戀視為疾病的鄉下不同，有很多志同道合的人，待起來安心自在。

東京有無數同志，原以為很快就能展開新戀情，不過二胡在職場並未遇到同類。他為了結交同類型的朋友而來到二丁目，卻突然膽怯起來，徬徨踱步，這時這間店的老闆碰巧向他搭話。

老闆是個好相處的人，或許是因為這樣，這間店待起來非常舒服。客人間也和樂融融。二胡再度用起「妮可」這個綽號。這原本是如同盔甲般用以保護自己的名字，他明明對這個名字有著複雜的心情，後來卻感到莫名懷念，真是不可思議。

然而新戀情並沒有那麼容易展開。

常客告訴二胡，這裡不是找對象的店，想認識男人應該去其他地方。二胡出於好奇去過一次那種店，很快就被人搭訕。對方長得還不錯，但聊沒幾句就要約二胡去旅館，他嚇得落荒而逃。

——我第一次還是想和喜歡的人做。

大家聽到二胡這句話都笑了出來。

——討厭，讓我想起十幾歲的回憶，心臟怦怦跳呢。

——真羨慕妮可，你要一直保持這份赤子之心喔。

二胡內心五味雜陳。他夢想能成為大都會的時尚男同志，來到東京卻仍是鄉下人，以自身的純樸療癒眾人。搬來這裡後不斷體會到各種現實。

「暫且不說剛才的魔法咒語，一般人工作不順時，可以藉由談戀愛來紓解壓力，可惜妮可沒辦法這麼做。」

老闆說完，常客們紛紛點頭。

「畢竟妮可有個忘不了的初戀王子嘛。」

「從國二認識以來就一直鍾情於他，真厲害。像少女漫畫一樣。」

「才不是這樣。」

聽見眾人的揶揄，二胡支支吾吾低下頭。

大家口中的「初戀王子」當然就是榮。

之前店裡常客慶生時，二胡喝了點香檳，結果就醉了，開始滔滔不絕說起自己的事。國中時被發現是同志而遭到霸凌的事、太過絕望而想自殺時初次遇見榮的情景、重逢至畢業間的種種，全都和盤托出。

「不過妮可，你最近都沒跟王子見面對吧？」

「對……」

剛來東京那陣子，兩人很常見面。那時候榮剛和遠藤交往，聊天時自然也以遠藤的話題居多，比方說假日和遠藤做了什麼、遠藤說了什麼，二胡以朋友的身分聽這些話，心裡越來越難受。後來就比較少聯絡榮，上次見面已是數個月前。

從國二夏天持續五年的暗戀，終究還是沒能向榮告白，就這樣不了了之。既像已經結束，又像還在繼續，所以二胡仍未調整好心情面對下一場戀情。

「不管怎樣，你都要找到一個自己能接受的方式。啊，歡迎光臨。」

老闆向走進店裡的客人打招呼。二胡無意間回過頭，不禁睜大眼睛。

——遠藤？

走進來的兩名男性中，有一個長得很像遠藤。

「歡迎光臨，沙發區請坐。」

老闆對他們這麼說。吧檯雖然還有位子，但兩人親暱地手挽著手，看起來很像情侶，或許是因為這樣才推薦他們坐沙發區。兩人都喝得很醉，愉悅地應了聲「好～」便坐在沙發上，對老闆說：「我們要點招牌調酒。」

「兩位有喜歡的酒類或水果嗎？」

聽見老闆的問題，長得像遠藤的男子以嬌媚語氣詢問身旁的男人。

「阿祥，你要喝什麼？」

「隨便，總之要烈一點的。」

「不准說隨便，好好想想嘛。」

「那就喝遠藤你喜歡的好了。」

「可是我想知道阿祥喜歡什麼啊。」

見他們完全進入兩人世界，老闆苦笑著隨意弄了些調酒，二胡則坐在吧檯緊握著薑汁汽水的杯子。

——他剛剛說遠藤對吧？

二胡偷偷回頭確認。沒錯，就是遠藤。二胡雖然只在高三冬天親眼見過他一次，但並未忘記對方。遠藤撒嬌似地將頭靠在同行的男人肩上。

——他怎麼會和榮以外的男人在一起？

後來男人接到一通來電，兩人待了約三十分鐘就離開。店門關上那瞬間，原本表現得很正常的常客們立刻聊起八卦。

「那個男的又找到新的搖錢樹了。」

「剛剛的男孩好年輕，看起來像大學生。」

「感覺是個公子哥，可能爸媽很有錢吧。」

和遠藤同行的男人風評不太好。以前是男公關，私生活混亂又愛亂花錢，到處惹是生非。在這一帶惡名昭彰。

遠藤怎麼會和那種人在一起？他們看起來不像普通朋友，遠藤還頻頻向對方撒嬌。可是遠藤明明已經有榮了……不是嗎？

「他最近好像也開始碰『那東西』。你有聽說什麼嗎？」

二胡身旁的客人小聲詢問老闆。老闆曖昧一笑，在雙唇前豎起食指。客人聳聳肩說「我也是聽說的啦」。感覺有什麼內情。

工作每天都很忙，做起來還沒什麼成就感。

二胡從上個月起開始負責百貨公司內的店面裝潢，忙著和師傅協調、調度材料。他進公司才第一年，專業知識敵不過現場的資深師傅，常被師傅罵「就算設計圖上沒有，你也要自己想像啊！」。他老實道歉，反而又被公司前輩罵「不要輕易低頭，這樣會被工班看扁」。

此外，四月時公司進來一批大學畢業生。二胡雖是前輩，但那些人年紀比他大，一進來就開始做他無法承接的工作，令他體會到大學畢業和高中畢業的差距。即使如此他仍努力工作，卻覺得比之前還累。

他精疲力盡地回到家後，連煮飯的力氣都沒有。一邊微波超商便當，一邊泡泡麵。在一房一廳的公寓中吃著寒酸的晚餐，愣愣地想著是不是該辭職。真想做更有興趣的工作。二胡吃完毫無滿足感的晚餐，將手撐在身後盤腿坐著，抬頭望著天花板。

「……這時還沒有人知道，這個人未來會拯救世界。」

他喃喃念起酒吧老闆教的咒語。但在拯救世界前，他更想拯救自己，這樣的他是沒辦法當救世主的，肯定到死都是平凡人。

——啊，不行啦。老闆，這個咒語沒用。

他環顧室內，試圖想些不同的事，便看見櫃子上的球鞋。

那是高中時沒能送給榮的生日禮物。旁邊放著國中時榮留下的那件寫著訊息的T恤。明明不會用到，卻不知為何帶來東京。說不定連對榮的暗戀也一起帶來了——

二胡拿出手機，點開聯絡人滑到榮那一列。前幾天在酒吧見到遠藤後，他就一直很在意這件事。不知道榮和遠藤最近如何？是不是關係不太好呢？那就和榮見個面吧。他明白這樣有點差勁，一面和內心的自我厭惡戰鬥，一面緩慢在手機上輸入文字。

最近好嗎？

短短一則訊息他打了又刪，重複好幾次後才送出。原本還擔心榮可能不會回覆，沒想到不到一分鐘對方就打電話來，令他嚇了一跳。

『唔、喂？榮？』

『二胡，好久不見。還好嗎？』

『還好，不好意思突然傳訊息給你。』

『不會啦。我邀你好幾次你都說很忙很忙，一直拒絕我，害我擔心這樣下去你可能會過勞死。還好你還活著。』

『過勞死啊。感覺快了，但我還勉強活著。』

『勉強而已嗎？』

他們很快就找回以前聊天的感覺，讓二胡鬆了口氣。兩人互相報告近況，二胡同時在心裡盤算著，該在什麼時間點自然地提出見面邀約。不知他會不會認為二胡很善變。

二胡最後一次見到榮是在半年前，下班後和榮約在家庭餐廳。閒聊了一會道別之後，他不經意回頭，看見榮正在講電話。

——牛奶和水蜜桃果凍？ＯＫ，我買回去。

榮的聲音隨風傳來。隔天是週日，榮當晚似乎要住在遠藤家。他的側臉是那麼開心，完全沒注意到二胡呆站在原地。從那之後，二胡就開始拒絕榮的邀約。年底回老家時二胡又拒絕了他，後來榮也不再主動聯絡。榮應該也發現二胡在閃避自己。

『最近過得怎樣？有空見個面嗎？』

『咦？』

『希望你這次別再拒絕了。好久沒跟你講到話，我開心到要瘋了。』

直率的話語讓二胡心裡得到一絲安慰。不同於暗自苦惱的二胡，榮總是直接說出自己的心情。二胡不禁對扭捏的自己感到難為情。

『嗯，我也非常想你。』

兩人陷入短暫的沉默。二胡有點擔心這句「非常」是不是說得太過頭了，這時電話另一頭的榮嘆了口氣，喃喃說道『太好了……』。

『其實我有點緊張，擔心你又拒絕我。』

『才、才不會。』

二胡支支吾吾起來。他還是敵不過榮直率的個性。

『下週日可以嗎？』

『可以。啊，可是你週日不是要和遠藤見面嗎？』

『他說那天有事。』

有事——二胡腦中閃過遠藤在酒吧向男人撒嬌的身影。

他們約好週日見面，掛斷電話後，二胡倒在床上。榮主動說想見他，還說好不容易講到話，開心到要瘋了。二胡比榮開心一百倍，開心到裹著被子左右翻滾。

他不斷回想榮的話語，當晚懷著久違的幸福心情入眠。

二胡平常假日都睡到中午，這天卻早上八點就醒了。他在被窩裡重新閉上眼睛仍無法睡著，乾脆起床洗澡。平常都只沖澡而已，今天則泡澡打發時間。一想到能見到榮內心就躁動不安，整個人沉進熱水裡一直泡到下巴處。都認識這麼久還會緊張，真難為情。

午後依約至家庭餐廳，榮已經先到了。

「好久不見。哇，你是怎麼了？變得這麼有型。」

榮的眼神既驚訝又佩服，令二胡心裡一驚。其實他這身衣服是為了今天而買的。他在常去的酒吧向一位品味出眾的常客尋求建議，請對方在他的預算之內為他作搭配，常客們還趁機調侃並鼓勵他。

——再會時最重要的就是印象。只要讓對方眼睛一亮，就贏了八成。

——妮可，你這次一定要加把勁追到初戀王子。

——好男人當然會有男友。總之盡力搶過來就對了。

二胡想起他們的建議，內心有些不安，榮則仔細端詳起來。

「看起來真不像你，超帥的。」

榮彷彿看穿了他不單純的動機，他耳朵邊緣不由得發熱。

「我、我沒有特別搭配喔。只是常去二丁目的同志酒吧，那裡的常客都很時髦，經常和他們聊天就被影響了。」

二胡支支吾吾地辯解，榮睜大眼睛「咦」了聲。

「你會去二丁目的酒吧啊？好酷。我也想去，但一直找不到機會。二胡還真享受東京生活。所以應該認識了很多人吧？」

「的確認識了不少人。」

認識歸認識，但有沒有進一步發展可就另當別論。

「交到男友了嗎？」

「……還、還沒。」

二胡垂下肩膀，榮鬆了口氣說：「什麼嘛，這樣啊。」

「我還以為你突然不願意和我見面，是因為交到男友了呢。年底回老家時你也不理我，只跟那個色狼國中生整天混在一起。」

「你說真人嗎？」

「對，他對你做出那種事，虧你還能和他正常說話。」

榮氣急敗壞地說。

「不，其實我當時也想殺了他，但真人和我們一樣吃了很多苦。我多少能體會他的心情，他有煩惱只能找我商量。而且他之後打算來東京念大學。啊，榮身為學長也給他一些升學建議吧。」

「我不要。就算你已經釋懷，我也不會原諒他。他不只做錯事，後來還傷害到你和你的家人。」

聽見榮怒氣沖沖地這麼說，二胡也想起往事。二胡襲擊真人的傳聞在封閉的鄉下村子傳開，村裡的阿姨們將二胡當作變態，榮認真和她們吵起來。榮和那時候一樣，一點都沒變。

「……謝謝你，榮。」

二胡「嘿嘿」笑了笑，榮也害羞地垂下眼眸。

「話說回來，我還真以為你交了男友。」

「什麼？」

「我甚至在想，是不是男友叫你別跟我見面。所以後來就不好意思一直約你出來。」

「為什麼？有了男友還是可以和朋友出去吧？」

「是沒錯，不過我和遠藤也因為這樣有過一些爭執。」

「咦？你會吃遠藤朋友的醋嗎？」

「不是我啦。」

見到他那尷尬的神情，二胡意會過來。

「遠藤該不會很討厭我吧？」

二胡說完，榮皺起眉頭。

「抱歉，你不要怪他。都怪我太常在他面前說你的事。我說你以前曾說過喜歡我，已經跟他解釋是開玩笑了，他還是很擔心。之前偶然遇見你時，他也一直鬧彆扭說你長得很美形。」

「什麼美形？好吧，可能有一點。」

「竟然承認了。」

榮立刻吐槽。儘管很久沒見，兩人仍隨即像以前一樣談笑起來。然而二胡心情卻很複雜。自從榮和遠藤交往之後，二胡就沒再開玩笑說喜歡榮了。不過遠藤好像也很在意二胡這個人。

「你和遠藤感情還順利嗎？」

二胡裝作不經意地問，榮喝著可樂回了聲「嗯」。

「很順利。」

榮答得乾脆，令二胡有些失落。

「……這樣啊，真羡慕你們，還是一樣恩愛。」

二胡垂下眼眸喝起薑汁汽水。榮身邊有遠藤，二胡為此感到難受才會盡量不和榮見面，同時內心卻抱有期待，心想如果他們關係生變的話……二胡對於抱持這種卑鄙想法的自己感到慚愧。

「大學那邊呢？」

二胡受不了如此難堪的自己，便換了個話題。榮說自己升上大二後加入了五人制足球社，很享受每個月一次的比賽。

「不過這個社團的飯局比練習還多。」

「好像很好玩。」

「你工作方面如何？」

「最近有新進員工，照顧他們挺辛苦的。」

「哇，升主管啦？」

「還不是主管，只是前輩而已。」

「還是很厲害，已經是社會人士了。」

「是啊。」

二胡故作輕鬆地靠向椅背。其實他每天都被罵，每天都很沮喪，卻為了面子而撒謊。在戀愛和大學生活兩得意的榮面前，二胡沒辦法開口訴苦。他在榮的詢問下說出自己正在裝潢的精品店名稱，還謊稱工作起來很有成就感，自我厭惡感越來越強烈。

好痛苦，好難堪。可是和榮相處的時光還是好幸福。

沒想到自己仍和高中時一樣。正當他這麼想時，接到公司的電話。他負責的店面出了些問題，主任叫他立刻過去，他無奈地想，怎麼會是今天……但也只能回答「我這就過去」。

「週日還要工作？」

榮見他掛斷電話後這麼問。

「對。我們週日雖然放假，但所有行程都要以工地為重，所以常常沒辦法休息。」

回話的同時，現場人員和業者接連傳了請求確認的訊息過來。

「榮，久違見面卻發生這種事，真不好意思。對不起。」

「不用顧慮我，工作加油。我再傳訊息給你。」

二胡再三向榮道歉後，匆匆走出店門。

二胡連忙趕到工地，安裝師傅收到與原定尺寸不同的貨架，氣得大罵「都是你們害工程停擺！」。他向貨架業者確認後，發現新進員工未將變更尺寸的事轉達給師傅。可是他明明交代對方一定要聯絡。

「你交代完之後沒有再確認，是你的不對。對方是新人，你要負責向客戶確認是否收到訊息。」

主任也這麼罵他，令他無法接受。如果還要確認，那不如全部都由自己做比較快。他的不滿全被主任看透。

「去年指導你的澤村也有這麼做，看來你根本沒發現。」

二胡的臉瞬間熱了起來。直到主任這麼說，他才明白這雖然不是他的錯，但總體來說還是他要負責，這讓他體悟到自己有多不成熟。再加上剛才又在榮面前打腫臉充胖子，心情因而跌落谷底。事情總算解決時夜也深了，二胡有氣無力地來到酒吧。

「妮可，你被甩了嗎？」

老闆和常客們見二胡如此消沉，不禁慌張起來。二胡這才想起曾告訴他們今天要和初戀王子見面，還收到許多鼓勵。

「妮可，快過來坐正中間。」

「今天老闆請客，點你想喝的。」

「不要替我說這句話。不過妮可，你可以點想喝的沒關係。」

在眾人的關心下，二胡連忙解釋不是這麼回事。

「竟然是因為工作。別嚇人嘛。」

「……不好意思。不過好不容易見面，和榮也沒聊幾句就分開了。」

二胡受到雙重打擊，老闆卻說：「這反而是好事吧？」

「戀愛和吃飯一樣，吃太飽會好一陣子不想碰，但若還沒吃夠就結束，就會還想再吃。你們很久沒見，我倒認為這是不錯的開始。」

「哇，不愧是二又先生。說到重點了。」

一名常客笑著調侃老闆。

「喂，別喊我的本名。」

老闆似乎真的很不高興。他明明是個正直的人，本名卻叫「二又希望」[4]。他父母取名前應該再多想想的，不過這點暫且不提——

「妮可，老闆說得對。」

「沒錯，不必沮喪。你偶然間用了很高明的技巧呢。」

「對方八成會主動聯絡你，而且要不了多久。」

二胡聽不太懂，不過經驗老到的常客們都這麼說了，應該不會錯。他歪著頭問「那工作呢？」。眾人紛紛回道「主管說得對」、「你要繼續精進」，他垂下頭心想果然如此。

「沒關係啦，妮可。那個罵你的主管也當過新人，新人的時候肯定也被前輩念過同樣的事。老鳥都是這樣對菜鳥的。」

「……嗯，謝謝老闆。也謝謝大家。」

二胡低頭道謝，老闆一把抱住他的頭說：「好乖好可愛～」

「喔唷，妮可是我忙碌生活中的重要療癒來源。」

「我懂，看見妮可就會想起自己剛來東京時的樣子。」

「真希望妮可永遠這麼單純、乖巧又純潔。」

二胡像吉祥物一樣被大家摸頭，有些不好意思。

4 二又的日文發音與劈腿（二股）同音。

「所以妮可，你要一輩子當個純樸的鄉下人，維持處子之身喔。」

他聞言連忙說「我才不要」，惹得大家笑了起來。和大家聊過之後，心情輕鬆許多。正當心想還好有來酒吧時，走進店內的客人令他愣住了。

是遠藤。同行的是前幾天那個男的。榮說遠藤今天有事，難道所謂有事就是和這個男人見面嗎？

兩人今晚也坐在沙發區，和前幾天一樣開始卿卿我我。怎麼回事？榮明明說和遠藤的感情一切順利——

一會之後又有一名客人進來，遠藤的同伴朝他招手。雙方好像互相認識，交換了什麼小東西。老闆見狀臉色一變，繞出吧檯大步走了過去。

「別在我店裡做這種不正經的勾當。」

老闆聲音低沉，表情嚴肅。平時溫柔敦厚的他顯然生氣了。

「出去，帳也不用結了。」

遠藤的同伴咂了咂舌。但他並未把事情鬧大，連聲答應，從座位上起身。遠藤和後來那名客人也尷尬離去。

「真是的，拜託饒了我吧。」

三人離去後，老闆無奈地搔頭。

「一開始就得警告他們，不然這裡很快就會變成他們的交易場所。」

聽見老闆喃喃自語，二胡疑惑地歪起頭。

「他們剛剛在做什麼？」

二胡詢問身旁的客人，對方小聲回道：「交易毒品。」

他愣了一會才意會過來，不禁睜大眼睛。

「那個男的之前只是個差勁的小白臉，最近竟然開始販毒。同行的男孩看起來像普通的大學生，跟這種人在一起真的好嗎？」

「他似乎知道那個男的是藥頭，就算出了什麼事也是自作自受。」

「要是販毒被逮，應該會被退學，不，整個人生都完蛋了吧。」

二胡聽著眾人的對話，心裡一直七上八下。

他直到剛才都還在懷疑遠藤是否出軌。這當然也很嚴重，但犯罪更是非同小可。該對榮說嗎？可是，要怎麼說？

隔天午休時，二胡收到榮的訊息。

工作順利處理完了嗎？

二胡看見榮關心的話語很開心，立刻回覆。

勉強處理完了。昨天真抱歉。

榮也很快就回覆。

沒關係，下次再好好聊。你什麼時候有空？我配合你的時間。

昨天才見過面，榮這麼快又提出邀約，令二胡出神地望著手機畫面。老闆猜對了，不愧是經營酒水生意的人。二胡向公司前輩詢問今日行程，對方回答若沒有突發狀況應該能準時下班，他聽完興奮地回覆榮。

今天就可以。約七點好嗎？

會不會太急了？二胡傳完訊息突然感到很難為情。

那就約今晚七點。我在上次那間家庭餐廳等你。

不過榮很快就傳來回覆，令二胡更加興奮。要是準時下班，他就能先回家一趟，沖澡換衣服。他懷著愉悅心情度過整個下午，統包商的負責人卻在快要下班時來到工地。這人平時很少露面，唯獨今天吹毛求疵地檢查。

到最後，二胡離開工地時已經超過六點半。這下沒時間換衣服，只能穿著全身是灰的襯衫前往約定的餐廳。榮今天也先到了。

「辛苦了。嗯？你今天看起來好像很累。」

「嗯，哈哈，每次從工地回來都這樣。」

所以才想換件衣服……二胡沮喪地心想。

「工地？所以你也要做木工之類的嗎？」

「不不，我做不到。那種工作都由專業師傅負責，我則負責在完工前監督協調，確保施工順利。我還是基層員工，所以要跑很多工地，每到傍晚都弄得灰頭土臉。今天統包商的員工還跑來我們這裡拚命找碴。雖說並非所有統包商都像他那樣，但態度通常都很大牌，應付起來很累。」

他們邊聊邊想要吃什麼，向店員點餐。

「什麼叫統包商？」

「就是直接承攬這份案子的公司。我們業界最大的就是T公司和K公司，我們算是他們的下游再下游，包下部分工程，負責管理。」

「哦，原來是這樣。」

「是啊。每次工期都很趕，有時還得出差一週，待在全是大叔的工地，到了完工那天總是筋疲力盡，一點都不青春。」

「這樣啊，你也挺辛苦的呢。」

聽見棠的低語，二胡才回過神來。糟糕，一不小心就開始抱怨了。

「還以為你在工作和玩樂方面都很得意呢。」

「還好，嗯，沒有你想的那麼順利。」

剛抱怨完沒辦法再裝模作樣。二胡只好老實地露出苦笑。

「我上次有點過度美化自己的生活。其實每天都會犯錯，總是被前輩和工地師傅罵，常常想辭職。」

說到一半，店員來上菜，二胡為了緩和沉重氣氛，拿起刀叉說「好像很好吃」。

榮則愣愣地盯著餐點，嘟囔了一句：

「其實我也過得不太好。」

二胡「咦」了聲，抬起頭望向榮。

「我最近都沒和遠藤見面。」

榮緩緩從盤子裡夾起龍田揚炸雞塊。

「總覺得他變了。可能因為爸爸是老師的關係，遠藤在老家一直扮演著好學生，也因此累積不少壓力。所以他很期待來東京生活，但前陣子突然開始玩得很凶，也不太常去學校。」

二胡努力不讓臉上露出慌張神情。該告訴他遠藤和那個男人的事嗎？可是要怎麼說？

——遠藤好像出軌了。

——對方還是藥頭。

——說不定遠藤也有碰毒品。

不行，每句話都好沉重。若只是出軌就算了，遠藤可能還涉及犯罪。正當二胡思考要不要說時，榮嘆了口氣。

「我們可能快結束了。」

「不、不會吧。」

二胡下意識地想鼓勵他，但榮再度嘆氣。

「前陣子有天清晨，遠藤突然跑來我家。他喝得爛醉，問他怎麼了，也只一直拉著我說對不起。」

榮這才將快冷掉的雞塊放入口中。

「我常被人說個性遲鈍，但連我都看得出來，他出軌了。可是他似乎還在我和那個男人之間猶疑，不知道要選誰。」

榮也知道自己被劈腿，但仍沒有向遠藤提分手。

「你要一直等遠藤回來嗎？」

「當然沒辦法一直等。凡事總有個限度。」

儘管一臉苦澀，榮還是說得很肯定。

「……嗯，也對。」

不光是戀愛，人在一件事上花的時間越多，越會猶豫該繼續還是該放棄。那麼自己對榮的暗戀會持續到何時？榮說要等出軌的戀人回來，自己又會喜歡榮到什麼時候？

「啊，不過跟你聊天真的很自在。」

榮的語調為之一變。

「我超想念你的。」

「嗯？」

「雖然在大學也有交到朋友，但無話不談的只有你。直到沒辦法常常見面我才意識到這點，可是你卻一直拒絕我的邀約，我還以為你交了男友，老實說那陣子心裡有點不爽，覺得你是重色輕友的傢伙。」

「等一下，我才沒交男——」

「我知道是誤會一場，但當時很沮喪，心想原來我對你來說不過如此。和遠藤的關係也開始出問題，想跟你見面又想到你跟男友那麼恩愛，忍不住在心裡大罵『可惡、可惡』，一個人鬧彆扭。」

「有夠糟。」

「是啊，很糟糕。這時剛好收到你的訊息，就立刻回電了。」

「⋯⋯原來是這樣。」

二胡表情複雜地望著自己的綜合炸物套餐。

「我曉得這種事找誰商量都沒用，真實情況只有本人心裡最清楚，而且你從來沒提供過有用的建議。」

「抱歉這麼沒用。」

「這是你的優點啊。」

「我怎麼覺得你在罵我笨。」

「不是笨，而是老實。跟你在一起很放鬆。」

榮不禁笑了起來，接著偷夾二胡的炸干貝來吃。

「啊，那是我要留到最後吃的。」

「你喜歡干貝嘛。」

「明知道還吃。」

「因為你的反應很真實又很有趣。」

眼看榮還在哈哈大笑，二胡氣得將叉子伸向他的炸雞塊，叉了兩個，一口塞進嘴裡。榮瞪大眼睛叫了一聲。活該。

後來他們互相爭奪對方盤裡的食物，吃完覺得還不夠，便再點了一份套餐來分，還比賽誰用飲料吧調出來的飲料最好喝。

「啊，好久沒有這種感覺了。和二胡在一起真的好開心。」

離開餐廳，穿越夜晚的街道前往車站時，榮這麼說。

——那你乾脆和遠藤分手，跟我在一起吧。

以前二胡還會假借玩笑之名這麼說，現在不會了。自從高中畢業，榮和遠藤開始交往後，他就不再說「這一類」的話。

「好懷念喔。」

「嗯，超級懷念。」

「好開心喔。」

「嗯，超級開心。」

兩人望著夜空，反覆說著同樣的話，不知不覺就走到車站。二胡和榮的車正好反方向，穿過剪票口就要道別了。二胡感到依依不捨。

「好想再跟你聊一下。」

榮心有靈犀地說完，望著二胡，像是在問：你呢？

——嗯，我也想和你待在一起。

明明只要這麼說就行了，二胡卻感到害羞，換了個說法。

「要續攤嗎？」

「可是都已經走到車站了。我家離這裡要搭四站，你只要搭三站吧？」

言下之意是——

「你要來我家嗎？」

「可以嗎？」

「可以啊。」

「那我要去。」

榮開心地笑了。怎麼辦，二胡開心到想飛奔出去。

「先說一聲，我家很亂喔。」

「你從以前就很不會整理東西，包包裡總是亂七八糟的。」

「你明明也差不多……啊。」

二胡想起家中櫃子上的球鞋和T恤。他得先把那些收起來。眼見二胡忽然沉默，榮歪著頭問：「怎麼了？」

「沒事。待會先去買點飲料吧？」

「好啊，去一趟超商，買可樂、洋芋片和竹筍村。」

「該買香菇山才對。」

「你的品味還是那麼差。」

兩人拌著嘴說「我哪有」、「你就有」，搭上電車，轉眼間就抵達二胡家附近的車站，當晚榮便在二胡家住下。

隔天早上醒來，二胡看見榮睡在自己旁邊，內心有些慌張。

昨晚他們漫無止境聊著無謂的話題，沒換睡衣就鑽進床裡入睡。兩個男生擠在一張單人床上，二胡卻不覺得窄，反倒心臟一直怦怦跳。

——啊，真想一直睡在他旁邊。

然而二胡還要工作。儘管依依不捨，他仍躡手躡腳下床沖澡。用毛巾擦著溼頭髮回到房間時，榮也醒了。

「啊，早安。抱歉，把你吵醒了。」

「早安。二胡今天要上班……說得也是。」

「嗯，榮也要去學校吧？」

「雖然有課，不過我是大學生嘛。」

看見榮剛起床呆愣的樣子，二胡輕笑起來。榮從以前就不太能早起。二胡叫他慢慢來，開始為出門做準備。榮一直裹著被子，看二胡走來走去。二胡苦笑著來到床邊。

「你再睡一下啊，離開時把鑰匙放在信箱。」

「也太掉以輕心了吧？」

「我家的東西被偷了也沒關係。」

除了昨天急忙塞進衣櫃深處的球鞋和T恤以外——

「二胡，你真的變成熟了呢。高中時明明偶爾也會蹺課的。」

「我現在有領薪水啊。很少就是了。」

二胡苦笑著補了句，榮皺眉感嘆「社會人士好值得尊敬……」。他頭一次見到榮露出這種撒嬌似的表情，湧上心頭的愛意使胸口一陣苦悶。

——可惡，我也不想去上班啊。想和榮在一起。

如果他是學生，肯定會毫不猶豫地蹺課。

「再聯絡。」

二胡揉了揉榮的頭髮後就去上班。

他勉強去了公司，卻整天心神不寧。時而看手機確認有無榮的訊息，時而想起昨天和今天早上的事一個人傻笑，被前輩和師傅們調侃說：「是不是在想女人？」

當天難得準時下班，二胡立刻打電話給榮，想約他吃晚飯，如果沒空就先約好下次見面的時間。然而榮卻沒接，令他很是沮喪。

他安慰自己已經和榮獨處得夠久了，懷著些許寂寞和滿足感，買超商便當帶回家。看了眼信箱，發現鑰匙不在裡面。他覺得奇怪，心想「不會吧」便趕回家，只見榮說著「歡迎回來」，出來迎接。

「咦、咦，你怎麼還在？」

「我後來睡了回籠覺，醒來時已經是下午，總覺得不想回家……本來想聯絡你，卻發現手機沒電了。」

「難怪你的手機打不通。」

「你有打給我？抱歉擅自留下來。」

「沒關係，我也是想約吃晚飯才打給你的。」

「晚飯我已經煮好了。剛才出門買飲料，發現附近就有超市。」

連在門口都聞得到咖哩的味道。

「我還沒吃過榮煮的菜。你會煮菜啊？」

「來東京之後偶爾會自己煮。」

二胡好奇地打開瓦斯爐上的鍋子，裡頭裝著滿滿的咖哩。他說著「開動」便想將湯匙戳進去，卻被榮打了一下頭。

「我來加熱，你先去洗澡。」

「唉唷，讓我試試味道嘛，一口就好。」

「不行，待會再吃。」

二胡從後方被榮抱起，維持雙腳不落地的姿勢被帶到浴室。榮還說「記得把身上刷乾淨」，他心想「你是我爸嗎……」感到既傻眼又開心。

洗完澡後，平常只用來放超商便當的桌子上，已擺放著咖哩和沙拉。兩人面對面合掌說著「開動」後，二胡才吃一口就辣到不行。見他辣到吐著舌頭，榮還裝傻說：

「明明就很好吃。」

「咖哩裡面加了什麼？」

「哈瓦那辣椒粉。」

「那是什麼？聽起來就很危險。」

「我最近很愛。」

榮指著一罐少見的香料說。顧名思義，是由哈瓦那辣椒磨成的粉末。

「超可怕的。喜歡竹筍村的人品味果然很奇怪。」

「啊，要聊這個？要來辯論香菇山和竹筍村哪種好吃嗎？」

「好啊，我一定會贏。香菇山最強了。」

和榮聊著沒營養的話題一面吃飯，總覺得特別好吃，二胡添了兩碗飯。

「二胡，你的嘴巴腫得跟鱈魚子一樣。」

榮指著二胡發熱腫脹的嘴唇說，二胡應道「你也是」，兩人相視而笑。

填飽肚子後，一股慵懶的滿足感襲來，兩人一同躺在地上。原本想猜拳決定誰去洗碗，卻一直平手。「待會一起洗吧。」「好啊。」榮買了今天發售的漫畫雜誌，和二胡趴在地上一起看。

「這樣真的好自在。」

榮將雜誌攤在彼此中間，用手撐著臉喃喃說道。

「該說不用勉強自己，還是可以做自己呢？總之和你在一起時，最能感到放鬆。」

——比和遠藤在一起時還放鬆？

二胡將湧上喉頭的問題吞了回去。他明知道榮只把自己當作朋友，卻還是不禁有所期待，對自己這股傻氣抱以苦笑。

「應該可以期待一下吧。」

二胡前往常去的酒吧，回報進展之後，老闆這麼回道。

「是嗎？」

他的臉一下子亮了起來，隔壁的常客卻說著「No, no, no.」不斷搖頭。

「妮可，這樣下去鐵定不妙。你以為再努力一下就能追到他，但在我看來只會一直拖下去，回過神來才發現被當備胎。我就是這樣被迫等了兩年。結果……對方還是被其他男人搶走。」

那名常客說起自己的經驗，沮喪地垂下頭。

「確實有這個可能。」

坐在二胡另一側的男大姐常客也點點頭。

「你既然喜歡他那麼久，可見對方個性應該不壞。可是就算他本人沒那個意思，說不定還是會不自覺把你放在備胎的位置。」

「不，榮不是那種人……」

「妮可，人啊，尤其是男人，是最『需要人陪』的生物。」

「需要人陪？」

二胡反問後，包含老闆在內的所有一號男同志全都意會過來，垂下眼眸。男大姐將高腳椅轉過來，整個人面對二胡，為他解說。

「你的王子現在正和男友鬧不和對吧？」

「是的。」

「感覺起來是王子比較愛對方？」

「對。」

「所以王子現在正是脆弱的時候？」

「應該是。」

「男人有狩獵的本能，看見逃跑的東西就想追。然而男人同時又怕寂寞、愛撒嬌，希望有個媽媽型的人展開雙臂迎接自己。」

「那我就努力當展開雙臂的那個人。」

男大姐瞪大眼睛，搖著頭說「錯了錯了」。好可怕。

「這可不行。媽媽的工作是在男人狩獵後舒緩他們的疲勞，讓他們有精神再去狩獵。這種關係中沒有戀愛必備的心動感。而現在的你，很有可能變成這種聲援王子戀愛的媽媽角色。」

二胡大為震驚。不不，他怎麼會是媽媽，明明就是和榮同年的活潑青年。可是又覺得有跡可循。他想起榮說的那些「和你在一起好自在、好放鬆」之類的話，無法否認男大姐的猜測。

正感到焦急時，他忽然想到一件事。

「可是這麼說有點奇怪吧？異性戀男生和女生結婚後，老婆也不會逃跑，而成為展開雙臂的那個人。那麼……」

原以為看見一絲曙光，男大姐卻「呵呵……」笑了起來。

「妮可，你知道世上丈夫外遇的比例有多高嗎？」

「…………………」

這深具說服力的話語令二胡啞口無言。一號們像是想起發生在自己身上的例子，個個別開視線，零號們則說著「我懂」、「真討厭」不停嘆氣。整間店瀰漫著沉重的氣息，店長低喃了聲：「不管怎樣——」

「反正他們正在鬧不和，你就趁機把他搶過來吧。」

一陣短暫的沉默後，眾人紛紛附和道：「就是說啊。」

「既然情敵都劈腿了，你也沒必要乖乖等他們分手再進攻。」

「乾脆披著溫柔老媽的外皮，當個肉食男子，有意無意挑撥他們的感情吧。或者直接化身為大野狼，帥氣地把他推倒。」

「不行啦，妮可從國二初戀以來就沒喜歡過別人，是個萬年處男。」

「誰、誰是萬年處男了？」

二胡紅著臉反駁，眾人卻用「就是你啊」的眼神看著他，使他更難為情地低下頭。

「總之讓我們乾一杯，祈禱王子和對方分手吧。」

老闆以誠懇的笑容說出殘忍的話語，眾人一同舉杯，說出些嚇人的鼓勵「介紹你有在賣詛咒稻草人的網路商店」、「京都有間知名的斬桃花神社，去一趟吧」。好可怕。但這裡果然是二胡唯一的心靈綠洲。

當晚以二胡的故事為開端，常客們紛紛分享自己的愛情故事，興奮地喝到酩酊大醉，二胡在他們的帶領下，人生第一次踏入夜店。

才踏進一步就能聽見震耳欲聾的音樂，被絢爛的燈光閃得頭暈目眩。店內深處的舞臺上有一些穿著緊縛皮衣的年輕男子在跳舞。喝了酒的常客們一下子就融入現場氣氛，沒喝酒的二胡則先去了趟廁所。打開門後卻見到一對接吻中的情侶，不習慣這種場景的二胡連忙躲到小隔間內。

——東京人真的好開放⋯⋯

連隔著門都能隱約聽見炙熱的喘息聲。二胡端正地坐在馬桶上，想等他們接吻結束，卻聽見外頭的人大嘆一口氣。

「你把東西藏好了吧？」

接著是一陣低語。二胡坐在馬桶上靜靜等待，心想你們親熱完能不能趕緊出去，這時聽見另一個人的回應。

「嗯，藏好了。」

二胡不禁豎起耳朵。那好像是遠藤的聲音——

「你也知道，最近很多店都被查了。說不定會查到我頭上來。」

「阿祥，你會被抓嗎？」

「就是不想被抓，才會把毒品放在你那裡啊。不准放在自己家裡喔。你有照我說的，藏在男友家嗎？」

——咦？

二胡不自覺站起身，發出喀噠聲響。對話戛然而止，而後只聽見慌張離去的腳步聲。二胡愣了一會才回過神，也走出廁所。

他環顧大廳，看見遠藤正要和男人一同走出店門，追了上去。

「等等，遠藤！」

遠藤聽見他的叫喊回過頭，訝異地睜大眼睛。

「認識的人？」

男人問遠藤。遠藤尷尬地垂下眼眸，沒有回答。男人說「那我先走了」便快步離去。他對遠藤的態度似乎有些冷淡。

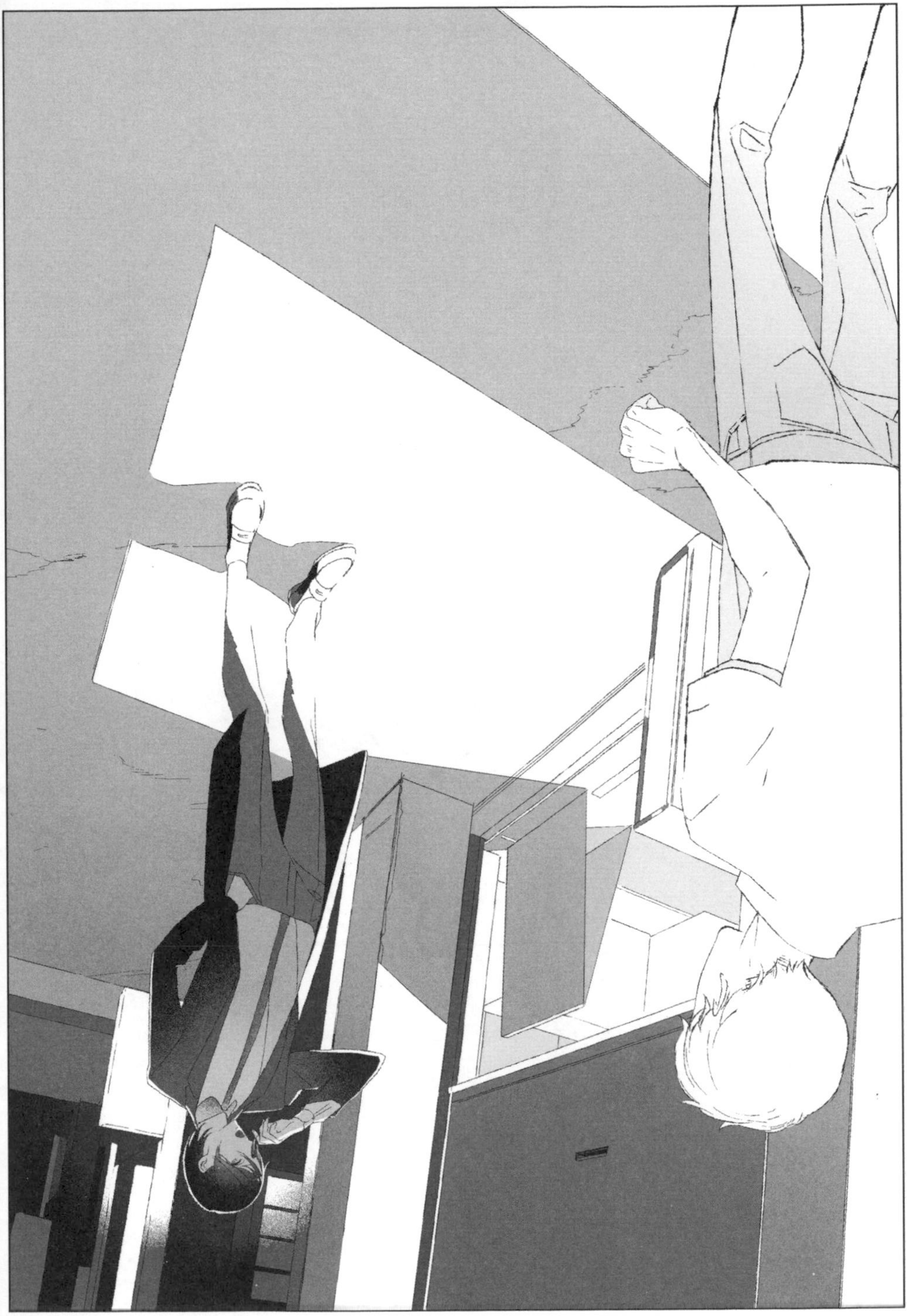

「遠藤，你還記得我嗎？我是榮的朋友，我們之前見過一次。」

「二胡嘛。」

「對，好久不見。你看起來過得不錯，太好了。」

「找我有什麼事？」

遠藤冷冷地問。

「你有事才會叫住我吧？」

他瞪著二胡。聽榮說他的個性很凶，但現在這個反應和個性無關。他臉上顯露出畏懼和警戒。

「……和你在一起那個人是藥頭吧？」

遠藤臉上浮現慌張的神情。

「那個男人在我朋友之間評價很不好，還是別和他來往吧。重點是你明明有榮了，為什麼還要和那種人在一起？」

「跟你無關，不要多管閒事。」

「……那真抱歉。可是剛剛那番話我可無法裝作沒聽到。你真的將毒品藏在榮家裡嗎？如果只是劈腿，我也不會多嘴。但絕不能把榮牽扯進犯罪中。」

光是想到警察搜查榮的家，找出毒品的情景，二胡就感到心驚膽戰。遠藤咬了咬下唇，但很快再度瞪向二胡。

「你喜歡榮吧？」

二胡嚇了一跳，神色慌亂，遠藤見狀用鼻子哼了聲。

「果然沒錯。高中時我就聽榮說過你的事。榮完全沒發現，但是我猜測你可能喜歡他，覺得你這傢伙真討人厭。」

「討人厭？」

「你半開玩笑地不停向他告白，還裝成朋友一直待在他身邊。看在不得不維持遠距離關係的我眼裡，這種作法真的很讓人火大。來到東京後，你明知榮在和我交往，還繼續和他見面。你不知道這麼做會讓我很困擾嗎？」

二胡被講到啞口無言，臉頰逐漸發燙。

「……對不起，可是這和毒品的事無關。」

「那麼擔心的話，你自己去告訴榮啊。繼續假裝是親切的朋友。」

遠藤轉身離開夜店，獨留二胡垂著頭呆站在原地。

週日，二胡在開店前到酒吧打擾，找老闆商量這些事。他告訴老闆遠藤和那個藥頭的事，並說毒品可能被藏在榮家裡。

「這下嚴重了。」

吧檯後方的老闆皺起眉頭。

「有沒有什麼好方法，可以把毒品處理掉？」

「只能一五一十告訴王子了。」

「……沒有其他方法了嗎？」

榮儘管知道自己被劈腿，但應該作夢也沒想到遠藤有碰毒品。要是他知道男友將毒品藏在自己家裡，恐怕會留下創傷。

這不只是心情上的問題。萬一被警察發現，榮會如何？受託將毒品藏在榮家裡的遠藤會被當作共犯，那榮呢？榮也會被當成藥頭，留下前科嗎？因為是初犯，法官應該會網開一面。

——前科……初犯……

二胡不寒而慄。等等，榮什麼都沒做，為什麼非得留下前科才行？若真如此，大學可能會將他退學，甚至往後的人生也會變得一團糟。太荒謬了，二胡絕不允許這種事發生。

「看來只能由我偷偷處理掉——」

「不可以。」

他訝異地抬頭，和老闆四目相交，對方罕見地露出嚴厲的表情。

「那男人經手的毒品是從黑道那裡來的，牽扯進去絕對沒好事。警方最近查緝毒品查得很緊，萬一被查到，人生就完了。」

「我知道這很危險。可是榮什麼都不知道，就被捲入其中。所以……我想以盡量不傷害榮的方式，讓事情圓滿落幕。」

二胡握緊放在大腿上的拳頭。

「這是最後一次了。」

「最後一次？」

「處理完這件事後，我就要對榮死心。」

「怎麼突然這麼想？」

「因為榮的男友對我說了一些話。」

——你這傢伙真討人厭。

那句話刺在他心上，無法拔除。

「我聽完感到很慚愧。我一直暗戀榮，多次想死心都辦不到，一方面覺得自己很沒用，一方面又將自己的行為解釋為專情，原諒了自己。」

「在我看來，你的確很專情啊。」

「但聽到遠藤這麼說之後，我才意識到自己做的事確實很討人厭。如果我是遠藤，有個像我這樣的人纏在男友身邊，我也會不高興。裝成朋友伺機而動實在太狡猾了。」

「這也沒辦法。立場改變，對事情的想法本來就會跟著改變。不只戀愛，世上幾乎所有事都是如此。」

老闆以溫柔的動作擦拭玻璃杯。

「是的。可是我還是覺得如果自己遇到這種事，一定會很不開心。」

老闆聞言露出複雜的神情，停下動作將大手放在二胡頭上，用力揉了起來。

「妮可真是個好孩子。」

老闆勾起嘴角勉強笑了一下，拿起雪克杯準備調酒。他將二胡不認得的酒和果汁倒入其中，以優雅的動作搖晃雪克杯。

「今天破例讓你喝一杯。」

那杯調酒呈現粉紅與橘紅交織的晚霞色彩。二胡小心地含了一口在嘴裡。好甜，隨之而來的是些許苦味，最後是強勁的酒味，讓他的心情放鬆下來。

「很好喝。」

二胡展露笑容，老闆也開心地瞇起眼睛。

二胡想了好幾天，還是想不到更好的解決方法。一想到警察可能隨時會到榮家搜查，他就不敢再拖下去，這天下班後和榮聯絡了一下，便到他家拜訪。二胡按下電鈴，榮立刻出來迎接。

「抱歉突然跑來。這是伴手禮。」

「沒關係，反正我也沒事。哦？竟然是竹筍村。」

榮探頭看向超商塑膠袋。在榮泡咖啡時，二胡坐在客廳沙發上環顧榮一房兩廳的家。上次來是去年夏天，這裡沒什麼變。他想趕緊趁榮不注意時把毒品找出來。那東西應該不大，可以藏的地方很多。

「怎麼了？東張西望的。」

榮忽然這麼說，令他心裡一驚。

「沒事，只是在想跟我上次來的時候相比，東西好像變多了。」

「住久了當然會這樣。我之前已經清理過一次了。」

「最近很流行極簡主義呢。」

「可是每次想丟漫畫的時候，都會想重溫內容，忍不住打開來看。」

「一回神才發現看了很久，時間都用完了。」

榮應道「沒錯」。二胡和他相視而笑，內心卻很著急。總不能在榮面前翻箱倒櫃，想請榮讓自己找，又無法告訴他原因。時間一分一秒過去。

「榮，你會餓嗎？」

「要出去吃嗎？」

「我懶得出去。」

「不然叫披薩好了。」

「唔嗯，我也不想吃披薩。」

二胡雙手抱胸思考，像是想到什麼好點子似地「啊」了聲。

「我們來猜拳，輸的人去便利商店採買？」

「乾脆一起去吧，就在旁邊而已。」

「不要。我今天很累，不想走路。」

他知道自己態度有些強硬，但也沒辦法，只能賭一把了。一定要贏過榮，讓他出去採買。二胡充滿決心地舉起拳頭喊出口令，榮見狀噗哧笑道：「你的表情也太認真了吧。」

「累了就說嘛，我去買。」

榮伸出大手，捏了一下二胡的臉。

「……謝、謝謝。」

現在不是在意這種事的時候，但被榮碰過的地方卻微微發燙。二胡紅著臉向榮道謝，榮笑著收手。

「那我出去隨便買點吃的。」

榮出門後，二胡用手摀著臉頰。榮手的形狀仍熱辣辣地留在那裡。榮一直很溫柔，但最近的溫柔又有點不太一樣。任憑二胡再怎麼壓抑，期待還是不斷像氣泡般湧上心頭。

——妮可，男人是最「需要人陪」的生物。

他想起酒吧常客說的話，趕緊收斂起心情。而且他已經決定這件事落幕後就要對榮死心。更重要的是完成此行的目的。

二胡猛地站起身，像是要甩開優柔寡斷的自己。毒品不大，稍微有點空間的地方都可以藏。他首先拉開書桌抽屜，沒有。想想也是當然的，放在榮經常利用的地方，很快就會被發現。

廚房洗碗槽下、洗臉臺下、鞋櫃深處、床底下都沒有。一房兩廳的空間可藏的地方不多，再不快點找，榮就要回來了。二胡焦急地打開衣櫃，掛袋中放著圍巾和毛帽。後方隱約可見一個黑色塑膠袋。正當他覺得可疑，想要伸出手時。

「你在做什麼？」

回過頭，只見榮提著超商塑膠袋站在那裡。二胡心臟猛跳。他太緊張了，以致沒發現榮已經回到家。他得說點什麼，說點什麼——

「……啊，對、對不起，這、這是有原因的。」

這情況怎麼看都像在亂翻人家東西，二胡說不出什麼好藉口。

榮朝二胡走來，看向他想拿的那個黑色袋子。二胡見榮皺起眉頭，緩緩將手收了回來。榮不發一語地將衣櫃關上。他的側臉看起來十分嚴肅。這是當然的，畢竟二胡趁他不在家時亂翻他的東西，和小偷沒有兩樣。二胡羞愧到想要立刻跑走。

「那、那個，榮。」

他鼓起勇氣向榮搭話。不能逃，榮怎麼看待自己不重要。現在無論如何都要把毒品處理掉。這才是重點——

「那個袋子裡裝了什麼？」

榮皺著眉，像是在說「問這個幹嘛」。

「因為藏得很隱密。」

「藏得很隱密的東西，你為什麼要翻出來？」

犀利的反擊令二胡語塞。

「我、我只是想，該怎麼說，想幫你清理東西而已。」

見二胡答得支支吾吾，榮的表情越來越狐疑。

「所以，那個袋子裡到底裝了什麼？」

「不知道。」

「咦？」

「那不是我的。我不知道為什麼會在那裡。」

二胡聽完嚇得面如死灰。那果然是遠藤藏的毒品。警察、罪犯、人生一落千丈等話語閃過腦海，他站到了榮面前。

「給我好嗎？」

「什麼？」

榮不解地歪起頭。

「二胡，你看了裡面的東西嗎？」

「沒有，可是我想要。拜託給我。」

「為什麼？真是莫名其妙，你好奇怪。」

「那不是你的吧？我拿去還給遠藤。」

「遠藤？」

聽見榮這麼問，二胡心想不妙，露出慌張的神色。

「你為什麼能肯定那是遠藤的？」

「呃，既然不是你的，那麼只有可能是遠藤的了吧。他是你男友，又能自由進出你家，自然能在你家藏東西——」

不對、不對、不對，這樣變得好像在說遠藤的壞話。這樣不行。正當二胡心急到最高點時，榮探頭過來觀察二胡的臉色。

「二胡，你怎麼了？」

「咦？」

「你今天怪怪的。怎麼會亂翻人家的東西？你不是這種人。如果有原因就說吧，我願意聽。」

「……榮。」

如果可以，二胡也想說。若能將自己知道的一切全都說出來，一定會輕鬆許多，他也不必當壞人。但是榮知道真相的話必定會受傷。心愛的人竟然為了出軌對象，將毒品藏在自己家裡——

「二胡，這麼做應該是有原因的吧？」

「哪有什麼原因。」

「騙人。」

「是真的。不、不過——」

二胡用力握緊拳頭。

「你還是別和遠藤見面了吧。」

「什麼？」

榮訝異地睜大眼睛。

「怎麼突然說這種話？」

「抱歉。可是，他這個人不太好。」

二胡說完，榮臉上的笑意逐漸消失。

「……我也知道遠藤在劈腿。」

「我不是指這個。」

「那是指什麼？」

「這……我不知道怎麼說，總之他不太好就對了。」

榮的臉上充滿困惑，這讓二胡感到很難為情。他若是榮，聽到對方連理由都不說就突然冒出這種話，肯定會生氣，傻眼地心想這傢伙在說什麼。

「你大可罵我，但我是為你好才這麼說的。」

二胡做好被罵的心理準備，直直盯著榮。

「……嗯，說得也是。」

榮忽然垂下眼眸，二胡疑惑地睜大眼睛。

「你說得對，我太沒用了。」

榮輕笑了聲。這種自嘲的態度一點都不像他。

「嗯，謝謝你。我會好好考慮的。」

他低下頭，舉起超商塑膠袋像是在說「別說這些了」。

「我買了很多東西，來吃吧。有三明治和泡麵什麼的。」

他坐下來，將買來的東西一一擺在桌上。臉上雖然帶著笑容，但這種時候怎麼可能笑得出來？二胡明白他正在壓抑自己的情緒。

——不是的，榮。不是你想的那樣。

二胡的胃絞痛起來。榮沒有對二胡發怒，反而責怪自己。明明被劈腿了，還沒辦法下定決心和對方分開，真是個沒用的男人，榮腦中肯定充斥著這樣的想法。然而二胡不是這個意思。二胡寧願被罵也不願看到他這樣。

「……榮，對不起。」

二胡拿起包包，逃也似地衝了出去。儘管聽到榮的呼喊聲，他也沒回頭。跑向車站的途中，再也忍受不住胃痛，停了下來。

「……好……痛。」

他扶著電線桿，彎著身子。自己不但亂翻人家東西，還對別人的戀情指手畫腳、說遠藤的壞話，最後甚至高高在上地說「我是為你好」，試圖以這種自以為是的說法掩飾一切。不但傷害了榮，也沒能將毒品處理掉。

——我好糟糕……

二胡按著彷彿扭成一團的胃，乏力地蹲了下來。

一週過去，後來二胡既沒有和榮見面，榮也沒聯絡他。

工作還是沒什麼起色。依舊被前輩和師傅罵，不停低頭道歉，四處奔走。雖然辛苦，但現在忙一點心情反而比較輕鬆。

這天下班之後，爺爺打電話來。

『喂？二胡。想問你過得好不好。』

『我很好，爺爺呢？』

『上了年紀，身體很多地方都不中用了，不過還是老樣子。』

奶奶在爺爺後方問『二胡，有好好吃飯嗎？』，二胡回答『有』，爺爺便這麼轉告奶奶。爺爺奶奶每次都問同樣的事。過得好嗎？有沒有生病？有吃飯嗎？工作怎麼樣？問完一輪後，便會說同一句話。

『等到盂蘭盆節就能見面了。』

爺爺欣喜地低喃。爺爺說『太忙的話不用勉強回來』，同時奶奶卻說『我們會殺好雞等你，一定要回來喔』。兩人在電話那頭吵了起來，一個說『妳別說些多餘的話』，另一個說『這哪是多餘的話？』。他們不求回報的愛令二胡展露笑容。

掛斷電話後，二胡抬頭望向夜空。以前聽說東京太亮，看不見星星，其實還是看得到。但這裡的星星不像老家那樣有著強烈光輝，看得再久也沒有自己和宇宙融為一體的感覺。

二胡望著東京微弱的星光，突然沒來由地想回老家。為什麼呢？明明身在高中時嚮往的地方，卻有這種感覺，他為如此任性的自己感到慚愧。

——妮可，人啊，尤其是男人，是最「需要人陪」的生物。

真的是這樣，他最近深有體會。自己究竟是變弱了，還是長大了？抑或是大人本身就是脆弱的？他不明白。

他不想回獨居的家，便前往常去的酒吧。老闆見二胡有氣無力，壓低聲音問他：

「上次那件事怎麼樣了？」

「失敗了。」

「所以那東西還在王子家？」

二胡一臉陰鬱地點點頭，眾人好奇地問「什麼東西？」。這種事不方便說出去，所以他含糊地說「沒什麼」，但大家都知道一定和榮有關。

「乾脆死心吧。」

有人這麼說。

「妮可是個好孩子，我們也希望你和王子能有好結果，但如果這份愛讓你累成這樣，終究不是件好事。世上還是有很多好男人的。」

「別傻了，愛情哪能像這樣說斷就斷？」

另一個人說完，大家開始熱烈討論愛情是什麼。二胡愣愣地聽他們聊天，下意識摸著肚子。

「妮可，你肚子怎麼了？」

聽見老闆這麼問，二胡坦承從那件事之後就不斷胃痛。老闆聞言停止倒薑汁汽水，改加熱牛奶。接著將加有一匙砂糖的熱牛奶端到他面前。他喝了之後心情放鬆不少。

「妮可，別只想著別人，偶爾也要慰勞自己一下。」

「咦？」

「人是可以只靠精神苦撐的生物，這有時是好事，不過還是要察覺自己的極限。這肯定是身體在告訴你，你撐不下去了。」

「可是有時不吃點苦頭，是不會死心的。」

坐在隔一個座位的男大姐說。

「對方可是他從國二就一直喜歡到現在的初戀。如果是我，肯定會嘗試各種可能，直到吐血才肯罷休。因為不想後悔嘛。相對的，如果覺得該做的都做了，有時這股執著就會像假的一樣消失。」

死心、後悔、執著……二胡胡亂想著這些事時，老闆的手機響了。好像有人傳訊息給他，他看完後皺起眉頭望向二胡。

「妮可，糟糕了。」

「咦？」

「這一帶的藥頭從昨天起好像全被抓了，那個男的也是。要是他說出藏匿毒品的地方，警察可能會去王子家搜查。」

二胡的心臟怦怦猛跳，回過神來發現自己已衝向店門口。

「老闆，今天的錢我之後再付！」

糟糕，糟糕。得盡快去榮家帶走毒品。

二胡在趕往榮家的路上打電話給他，但他沒接。他可能不在家，不過二胡還是飛奔而至。用左手按電鈴，右手敲門。

「榮，我是二胡。拜託你快點開門！」

一會之後，門被打開。榮裸著上半身，溼頭髮上披著毛巾探出頭來。可能是因為在洗澡才沒接電話。

「二胡？怎麼突然跑來？」

「抱歉，先讓我進去。」

二胡推開榮，大步走進室內。他直直走向客廳，打開衣櫃取出前幾天看到的那個黑色塑膠袋，套好上衣的榮連忙阻止他。

「你要幹嘛？」

「沒時間說明。抱歉，這個我拿走了。」

「笨蛋，給我說明清楚。你突然跑來，我根本不知道發生什麼事。」

「別問了，之後再說。」

二胡搶過黑色袋子，奔向門口，卻被榮阻止。正當兩人爭執著「放手」、「我不放」時，門鈴忽然響了。兩人驚訝地鬆開手。榮透過貓眼望出去，二胡問他「是誰？」，只見他疑惑地歪起頭。

「兩個不認識的大叔。」

榮小聲回答後，打開家門。門外站著中年男子和年輕男子的兩人組，面帶微笑說「不好意思夜間打擾，我們是警察」，說著便亮出警察證。

「警察？」

榮一臉呆愣，二胡則嚇得臉色蒼白。

「一色榮先生，你應該認識小川祥司這名男子吧？」

對方語氣雖然柔和，卻有股不容辯駁的篤定。

「不，我不認識。」

「那遠藤直樹呢？」

「認識。」

「小川說他透過遠藤直樹，將毒品藏在你家。」

「什麼？」

「我們想向你請教事情經過，請以證人身分和我們來一趟警察署。」

「請、請問是什麼的證人？」

榮對此一無所知，疑惑地不斷眨眼。

「詳細情形回署裡再說。請先和我們來。」

中年刑警的口氣柔和卻強硬。

「……怎麼回事，什麼毒品啊。」

榮一頭霧水地嘟囔，但還是轉身回客廳為出門做準備。年輕刑警的目光緊盯著榮，一旁的中年刑警則望向二胡。

「你是？」

二胡感覺自己的體溫逐漸升高。

「我是榮的朋友，來他家玩。」

「可以請教你的姓名嗎？」

「……久美濱二胡。」

二胡下意識握緊手中的黑色袋子，中年刑警可沒看漏這個小動作。

「那個袋子裡裝了什麼？」

二胡的肩膀抖了一下。正當他想辯解時，榮從客廳衝了出來。

「裡、裡面沒什麼，只是筆記本之類的。」

榮慌張的模樣，令兩名刑警狐疑地瞇起眼睛。

「借我看一下那個袋子。」

見刑警伸手，二胡下意識將袋子藏到身後。兩名刑警對看一眼，通力合作想將袋子從二胡手中搶過來。

「不、不行，這不是榮的！是我的！」

二胡下意識推開兩名刑警，奪門而出，拚命衝下樓梯。他連鞋子都來不及穿，隔著襪子感受到水泥地的觸感。

「喂，等一下！不准跑！」

刑警追在他身後。

自己到底在做什麼？一點真實感都沒有。

榮和家人的面容紛紛閃過腦海。

停下來，趕快逃。停下來，趕快逃。

兩個相反的指令在腦中交替，就在這時，刑警從背後抓住他的上衣。

「不准反抗！反抗的話就以妨害公務罪將你逮捕！」

聽到「逮捕」兩個字，二胡腦袋瞬間一片空白。路人好奇地朝他們張望。一會之後，榮和另一名刑警也趕到。

「請等一下，這件事和二胡無關。那個袋子是我的，是我買的！」

榮激動地主張，另一名刑警連忙安撫他。

——榮買的？買毒品？

——所以，榮也是共犯？

二胡茫然望著榮，榮尷尬地別過臉去。

人生完蛋了——二胡原以為如此，沒想到自己和榮隔天早上就被釋放。

「你們一開始就該老實說裡面是DVD。雖然DVD的內容可能讓人有點難以啟齒，可是看到你逃，我們當然會追上去。」

步出偵訊室後，刑警稍稍告誡榮和二胡。

「而且面對警方偵訊是可以拒絕的，沒必要逃。」

「……可是我們又不知道，你當時也沒告訴我們。」

二胡不滿地噘著嘴說完，刑警有些尷尬地清了清喉嚨。

「兩位可以離開了，感謝你們的協助。」

刑警最後和氣地說完，榮和二胡便離開警察署。

啊，朝陽好耀眼。二胡昨夜絕望地認為會就此被關進監獄，沒辦法再出來，因此這明亮的陽光和早晨涼爽的空氣讓他安心到想哭。放下心來後，怒意逐漸湧上心頭。

「你幹嘛不老實說是DVD？」

走去附近公車站的路上，二胡嘴裡嘟囔起剛才刑警說過的話。那個黑色袋子裡裝的不是毒品，竟然是男同志的色情DVD。

「是男人都會看那種東西，沒必要藏成那樣吧？」

「……呃，是沒錯，可是我不好意思說出口。」

榮既尷尬又羞恥，一直低著頭。

二胡明白他的心情。自己在偵訊室裡心想人生可能完蛋時——

——你拿著逃跑的就是這個嗎？

見到刑警手上雙手比YA，大開M字腿的男同志DVD封面，二胡目瞪口呆。周圍的刑警顯然也在忍笑，令二胡羞赧到耳朵都紅了。

「真的很抱歉，但我作夢也沒想到有天竟得在警局的偵訊室裡出櫃。這絕對是目前為止人生中最丟臉的事。」

榮也回憶起當時的情景，臉頰泛紅。

「當初我跟你要那個袋子時，你就該說是DVD。這樣我也不會蠢到誤以為那是毒品。」

「可是你那時候死命地跟我要，就算我說是DVD你可能也不會相信。我又不想打開讓你確認裡面的東西。」

「……唔，是有這個可能。」

二胡當時確實有可能逼榮打開。

「但也沒必要撒謊說那不是你的吧？」

「這點我很抱歉，可是……我有我的苦衷。」

「什麼苦衷？」

「我不想說。」

榮頑固地搖頭。二胡完全猜不透他在想什麼。

「可是正因為你撒謊，才讓事情變得這麼複雜。我在二丁目聽說那一帶藥頭被抓的消息，知道一秒都不能再拖下去，嚇得驚慌失措——」

「關於這件事。」

榮忽然壓低嗓音。

「你早就知道遠藤的出軌對象是藥頭了，對吧？」

氣氛為之一變，二胡的心臟猛烈跳動。

「…………啊。」

榮以複雜的眼神望著啞口無言的二胡。

「抱歉。我在常去的酒吧碰巧看見遠藤和那個男人來喝酒，又看見那個男人在交易毒品，才知道他是藥頭。原本想找你談這件事……」

這次換二胡居於劣勢。他低著頭支支吾吾時，榮忽然將大手放在他頭上，溫柔地揉了揉他的頭髮。

「二胡，對不起。」

他抬起頭，與看不出是真心在笑還是苦笑的榮對到眼。

「依你的個性，應該說不出口吧。」

「……榮。」

「之所以在我家翻箱倒櫃，也是因為不想傷害我，不得已才那麼做的吧？」

即使遭遇被戀人背叛的殘酷現實，榮仍能體察二胡的心情。榮就是這樣的人。二胡明知這點，卻因為想太多而讓事情鬧大，他覺得自己真的很蠢。他低著頭，聽見一道耳熟的聲音說「……榮」。

回過頭，只見遠藤也從警察署走了出來。

「遠藤，你可以出來了啊？」

聽見榮這麼問，遠藤神情疲憊地點點頭。

「好不容易暫時可以出來。」

昨晚偵訊時，刑警說在榮和二胡來之前，遠藤已以證人身分被傳喚到案。遠藤看起來十分憔悴，還冒出了黑眼圈。

「……榮，抱歉給你添麻煩了。」

「我沒什麼事，你自己呢？」

「……我很想說沒事，可惜不是如此。之後還得再過來。」

「你該不會有吸毒吧？」

「我才沒那麼蠢。」

遠藤瞪了榮一眼。

「那就好，但和毒品扯上關係本身就很蠢。」

榮忽然壓低嗓音，遠藤不由得縮起肩膀。

「你把毒品藏在我家了吧？在哪？我拿去給警察。」

「…………我沒藏。」

榮和二胡同時「咦」了一聲。

「……阿祥叫我藏在你家，我辦不到，但又不敢自己收著，只好藏在車站置物櫃裡。我擔心毒品被查扣之後連我也會被判刑，所以什麼都不敢說，警方警告我這樣可能會給法官不好的印象，還說我說出來的話可以視同協助搜查，我最後撐不住，就招供了。」

警方聽完立刻查扣毒品，證據到手之後「阿祥」便遭到起訴，而遠藤則會以證人身分出庭。

「……真的很抱歉，鬼迷心竅和榮以外的人在一起。可是我並不討厭榮。經過這件事之後，我終於清醒了。我願意道歉，希望能和你重新開始。」

——什麼？做了這麼過分的事，還想重新開始？

二胡差點就脫口說出「開什麼玩笑」，但榮回答得更快。

「不可能。」

聽見榮毫不猶豫地這麼說，遠藤露出快哭的表情。

「你知道自己做了什麼嗎？無論如何我都不可能跟你復合。」

「我知道，可是——」

「抱歉，我不想再聽下去了。」

遠藤的表情逐漸轉為不甘。

「……都是我的錯嗎？」

「咦？」

「事情會變成這樣，難道你一點責任都沒有嗎？」

榮皺起眉頭。

「我又做了什麼？」

「我說的就是那傢伙。」

遠藤倏地瞪向二胡。

「你從高中起動不動就左一句二胡，右一句二胡。我都說不喜歡了，你還繼續跟他見面。不能只怪我出軌。」

「我和他是朋友，不要和出軌混為一談。」

「兩者都是伴侶討厭的事，本質上是一樣的。」

榮露出傻眼的表情。

「所以凡是你討厭的事，我都不能做是嗎？你不只討厭二胡，連我參加社團你都討厭。」

「因為社團裡有女生跟你告白啊。」

「我是同志，又不會和女生在一起。」

「可是我還是不喜歡嘛！」

兩人越扯越遠，已經變成單純的情侶吵架。榮也意識到這點。

「你到底想說什麼？不要惱羞成怒好嗎？」

榮不耐煩地嘟囔道。

一陣尷尬的沉默中，遠藤突然蹲了下來。

「……警察打電話給我爸媽了。」

他將臉埋進腿裡。

「……我爸今晚要來我的住處，大學搞不好還會被退學。我沒想到事情會變成這樣，不知道該怎麼辦。榮……救救我。」

遠藤哽咽訴說，令二胡聽得咬牙切齒。他心想，哭什麼？這不都是你的錯嗎？看到形勢不利就用哭來博取同情，真是狡猾。榮最吃這套了。

「……榮，求求你。」

遠藤淚流滿面地抬頭望著榮。

「……你呀。」

榮嘆著氣說完，原想再說些什麼，卻又閉起嘴。他胡亂揉了揉頭髮，拉著遠藤起身。而後扶著踉蹌的遠藤，轉向二胡。

「不好意思，我先送他回家。」

「……喔，好。」

「我再打給你。」

榮合掌向二胡道歉後，招了臺路上的計程車，和遠藤坐進去。隔著車窗可以看見遠藤將頭垂靠在榮的肩膀上。

——他這個人是怎樣？

二胡無力地呆站在原地，這時他的手機震動起來。是公司打來的。

『你在幹嘛！』

接起電話，前輩的怒吼使他回神。

『今天請假嗎？也不聯絡一聲。』

『呃不，我現在就過去，對不起。』

『快點準備。我們臨時要出差，去長野四天。』

二胡差點咂舌。唉，熬了一整夜還要出差，真倒楣。既然這樣，不如謊稱要請假。但事到如今也沒辦法這麼說，只好回了聲「是」並掛斷電話。

「拜託，我從早到晚都要上班，如果還要照顧小孩，一定會過勞死。而且我每次說要出差，她都會語帶諷刺地說『可以到處玩真好』，她傻了嗎？我才不是出去玩。那傢伙什麼都不懂。」

二胡開著公司的車前往工地，一路上坐在副駕駛座，與他搭檔的前輩一直在抱怨太太。二胡隨口附和，內心想著昨晚發生的一連串事件。

榮最後還是放心不下哭泣的遠藤，送他回家。

遠藤不管怎麼說都是他的初戀對象，他們可能會復合吧。

一想到此，二胡握著方向盤的手就變得沉重起來。

他想起昨天誤以為袋子裡裝著毒品，拚命奔跑的自己。

當時各種念頭宛如跑馬燈般閃過他的腦海。

萬一自己成了罪犯，家人會如何？家鄉的人光是見到沉在泳池裡的醃菜石就能聊一個月，二胡的事已經給爺爺奶奶添了許多麻煩。他若成為罪犯，爺爺奶奶肯定更沒臉見人。

——等到盂蘭盆節就能見面了。

——二胡，有好好吃飯嗎？

——不用顧慮我和爺爺奶奶，在東京自由生活吧。

爺爺，對不起。奶奶，對不起。爸爸，對不起。他在心中一面道歉，一面辯解道：正因為遇見榮，自己國中時才沒有自殺，所以想在最後向榮報恩，此後就要對榮死心，不再喜歡他。

二胡想起昨天的事，忽然有種清醒過來的感覺。

——啊，對了。我昨天已經決定要死心了。

正當他發起呆時，口袋裡的手機震動起來。看了看，是榮打來的。他正在開車，沒辦法接。無視一會後，手機停止震動，但很快又有人聯絡他。這次的震動很短，是訊息通知。他從口袋拿出手機，瞄了一眼。

今晚可以去你家嗎？

平常看到這樣的訊息應該會感到開心才對。

然而現在心情卻很平靜，毫無起伏。

——如果覺得該做的都做了，有時這股執著就會像假的一樣消失。

酒吧的常客曾這麼說。

當時二胡不太明白，如今他的心情正是如此。

從國中起，他就一直喜歡著榮。

現在也不討厭，只是——

「女友傳訊息給你嗎？」

前輩這麼問。

「我沒有女朋友。」

「快點交一個，你還年輕嘛。才二十歲對吧？」

「對，快滿二十了。」

「真好。二十歲的人生充滿了夢想和希望啊。往後還有很多時間，單身又自由，沒有要守護的事物，樂得輕鬆，還能跟年輕小女生談戀愛。」

「還是有一些辛苦的地方。」

「二十歲以前的辛苦都不叫辛苦，到我這個年紀就懂了。我二十歲時也是這樣，無憂無慮地玩樂、談戀愛。」

「戀愛是那麼開心的事嗎？」

二胡脫口說道。

「比起開心，更多的是疲憊吧？」

「哇，超像時下草食男會說的話。」

面對前輩的調侃，二胡試圖笑著回道「才不是」，然而鼻子卻一陣酸楚，他自己也嚇了一跳。他拚命忍住淚水，心想拜託別在工作中哭出來。

所有該做的都做了，可以死心了吧？

一方面這麼想，一方面又因為長久盤據心中的東西忽然消失而困惑不已。

彷彿胸口中間開了個大洞。

口袋裡的手機再次震動，是榮傳來了訊息。

儘管仍有些猶豫，但他應該不會回覆。

親愛的妮可

Dear Nicole

榮平凡的生活中突然發生了件意想不到的事。

他原本就知道遠藤出軌，沒想到對方還和毒品扯上關係，讓他驚訝到憤怒不起來。然而看到遠藤蹲在路邊哭，他也沒辦法置之不理，只好招了臺計程車送遠藤回家。本來想叫遠藤一個人下車就好，遠藤卻拉著榮的上衣，硬要榮陪他進家門。眼見司機一臉不悅地回頭，榮只好死心下車。

一進遠藤家，兩人又開始談分手。遠藤為這次的事道歉，並強調榮也有錯。遠藤的不滿主要都是針對二胡，他從以前就常說這些話。不過現在聽起來更像為了推卸責任所找的藉口。

「你說你們只是朋友，但我不這麼認為。」

遠藤堅持這一點。榮平時儘管嫌麻煩，還是會試圖解開宛如線團般難解的誤會，但現在沒力氣這麼做。熬了一整夜，他又累又睏。

「不要再談這個了。」

有別於激動的遠藤，榮的聲音平靜到連自己都嚇一跳。

「我們已經為這件事吵過無數次，該適可而止了吧？我累了。」

榮的語氣有些自暴自棄，遠藤也有感覺到。

「……為什麼要用那種口氣說話？」

「做了這麼過分的事，還問我為什麼？」

「你果然喜歡他吧？老實告訴我。」

遠藤又繞回這點上。唉，他連開口都嫌麻煩了。

「就說不想談這個了。」

煩躁感越發強烈，榮不禁胡亂揉起頭髮。

「我想復合。」

「沒辦法。」

「你就這麼討厭我嗎？」

「我沒有討厭你。」

「那……」

「雖然不討厭……但不像以前那麼喜歡了。」

榮老實說完，遠藤的表情逐漸僵硬。

「我以前真的很喜歡你。」

兩人高一同班，榮轉學後意識到自己對遠藤的心意。為了盡可能和遠藤保持聯繫，像傻子一樣整天傳訊息給他，知道原來兩情相悅時，榮高興到像要飛上天。雙方都考上東京的大學，說好要住在附近。那或許是榮最快樂的時候。

搬到東京住了半年後，榮才發現自己和遠藤不適合靠太近。分隔兩地時，榮只覺得遠藤任性得很可愛，然而變成朝夕相處的戀人後，他開始對遠藤的自私感到不滿。

「……不要，我不想和你分開。我不會再出軌，今後會好好對待你。我願意道歉。以前無論我做什麼，你不是總會原諒我嗎？」

遠藤懇求地盯著榮，榮微低著頭，搔了搔後頸。

「……都怪我太縱容你。我們彼此都有錯，你就別一直道歉了。再怎麼道歉我的心意也不會變，我沒辦法再和你走下去。」

榮曾經深愛過遠藤，但愛也是有限度的。搬來東京至今，榮的愛一點一滴減少，現在已經一滴不剩。

遠藤眼中泛起淚水。啊，原來談分手是這麼尷尬、痛苦又令人生厭的一件事。真教人難受。榮如今才明白。

「……我要走了。」

榮站起身，快步走向門口。遠藤沒有追上來。

他心想以後大概不會再來了，走出公寓大門。儘管是自己決定結束這段感情，但交往了這麼久，心情難免有些搖擺。不過走到戶外做了個深呼吸後，除了寂寞和疲憊外，還有股如釋重負之感。

——終於結束了……

即使知道被劈腿仍不願放手，混沌而沉重的心情，如今終於撥雲見日。他抬頭望向藍天，腦中閃過二胡的臉。

——好想見他。

榮下意識這麼想。沒什麼理由，這樣的想法油然而生。

他立刻打電話給對方，但二胡沒接。仔細想想，今天是平日，二胡應該去上班了吧。昨晚發生這麼大的事，又熬了一整夜，就算請假也不為過，不過榮知道二胡乍看輕浮，其實生性認真。

——二胡不只認真，還很溫柔體貼……

走去車站的路上，榮不由得寫了則訊息給二胡。

今晚可以去你家嗎？

榮傳完訊息，搭上剛好進站的電車。從遠藤家到榮家只要搭一站，騎腳踏車約十分鐘。當初想住附近，討論後選擇了現在的住處，然而分手後住得太近反而尷尬。

一站轉眼就到了。榮邊走邊查看手機，二胡還沒回訊息。半路在超商買完早餐，又看了一次手機。回家先洗個澡再看手機，二胡還是沒回。

「…………好蠢。」

榮一屁股坐在沙發上。自己到底看了幾次手機？又不是規定朋友一定要在三分鐘內回訊息的時下小學生。若在工作當然沒辦法回覆。

榮粗魯地拆開剛買的三明治，試圖轉移不安的情緒。他將毛巾蓋在溼溼的頭髮上，吃起火腿三明治。這時手機震動了一下，榮火速確認，卻發現是社團通知，他心想「這種時候湊什麼熱鬧」，便將手機扔到沙發角落。配了口咖啡將口中食物嚥下後，望著天花板發呆。

這種時候是什麼時候？

榮遭到從高中起一直深愛的初戀背叛，差點捲入犯罪，被偵訊一整晚後，再也忍受不了遠藤而和他分手，打電話給二胡，又傳訊息給他，過了二十分鐘都沒有回音，這就是眼下的狀況。

從昨晚起發生的一連串騷動之中，回訊息是最不重要的部分。然而榮所有心思卻都集中在這件事上，連自己也不知道為什麼。

他若有所思地望向桌子，桌上放著那個讓事態變得更加複雜的黑色袋子。警方調查完便將袋子還他。真是的，都是這東西害二胡也被捲進來，兩個人都出盡洋相。

榮原想整袋丟進垃圾桶，卻又打消主意。身旁明明沒有人，他卻左顧右盼一下才緩緩從袋中取出DVD。男演員的笑容顯露出來，他有著亮茶色頭髮，黑眼珠大得像幼犬一般。榮繼續將DVD抽出，只見男演員做出與可愛容貌不符的大膽姿勢，將雙腿張開成M字形。不過榮的目光焦點不在姿勢，而在男演員臉上。

——果然很像高中時的二胡。

是男人都會看色情DVD，榮對此並不覺得難為情。然而當二胡發現這個袋子時，他卻急得像熱鍋上的螞蟻。如今明白二胡在他家翻箱倒櫃是為了找毒品，但當時一無所知，因而陷入恐慌。

將神似好友的色情男演員當作性幻想對象——

榮擔心二胡會有這樣的誤會，才拚命說那東西不是自己的。不，不是誤會。榮確實是因為主演的男演員「神似二胡」，才買了這片DVD。但他不想讓二胡本人知道。

——而且我根本就還沒看。

榮是因為主角長得像二胡才買的，買回來之後卻也因為同樣的理由，而良心不安不敢看。他也不知自己為何要買神似二胡的男演員主演的色情DVD。一般來說，男人買色情DVD的原因只有幾種。

最主要的目的就是解決性需求，而且通常會挑自己偏好的設定。這部片的設定是與在「暑假」「搭訕」到的「淫蕩男孩」在「海邊」「打野戰」，榮對這類設定沒什麼興趣。他喜歡的是生澀害羞的人在強迫下逐漸沉溺於快感的劇情。所以笑著大開M字腿和他的喜好完全相反。

——然而，我卻不知為何……

榮望著DVD封面，皺起眉頭。

買這片DVD時，和遠藤的關係已經快走到盡頭，但還沒分手。他卻在這時買了主角酷似自己普通朋友，二胡的DVD。這麼做從各方面來說都很糟糕。榮陷入自我厭惡，將DVD悄悄收回袋中，躺在沙發上。

初次見到二胡是國二的夏天，當時二胡正在深夜的泳池邊，意圖自殺。那場邂逅令他震撼。說到國中生的自殺方式，他首先想到的是跳樓或上吊，二胡卻想將醃菜石綁在腳上跳入泳池。此外，聽到他「因為是同志」而遭到霸凌，當時的榮也覺得很新奇，比起同情，先感受到的反而是好奇。

當時他沒想到自己也會成為同志，兩人聊了些無關緊要的事之後，二胡便打消自殺的念頭，和他一起在深夜的泳池游起泳來。那一晚真的很開心。

——榮，你明天還會來游泳嗎？

反射著月光的水滴從二胡的髮梢滴落，他抬起眼，以動人的眼神望著榮，那柔弱又惹人憐愛的模樣像極了童話中的美人魚。榮的胸口莫名躁動，和他約好隔天會來，卻因為父親來接自己而沒能實現約定。

正因只見過一次，和二胡共度的時光成了榮的珍貴回憶。不經意想起時，總會有股淡淡的酸甜感受，令他覺得不可思議。但要說是初戀又太過淡薄——

他和對方在高中時重逢。

那也是場令人震撼的重逢。記憶中的美人魚變成了男大姐，開著玩笑作勢要親榮，使榮少年時代淡淡的甜美回憶徹底粉碎。後來聽說男大姐只是二胡用來保護自己免於霸凌的面具，榮鬆了一口氣，但二胡在他心中崩毀的形象並未復原，取而代之的是新誕生出的純真友誼。

當時榮對遠藤抱有的不只是少年時代的淡淡情感，而是明確的愛意，他找二胡商量與遠藤的事，加深了和二胡之間的友情。二胡骨子裡是個認真的人，個性體貼，和榮又很合拍，可說是最棒的朋友。

來到東京後他和二胡仍經常見面，遠藤要他別再見二胡，但他並未理會。一方面是因為重視二胡，另一方面是無法理解遠藤為何要干涉他的交友，在這點上對遠藤的不滿也日益加深。

每次談到二胡，他們就會吵架，後來榮便不再提二胡的事。然而這種心情越隱藏就越明顯。到頭來即使不提二胡，兩人仍越來越常吵架，對彼此的不滿逐漸滋長。

——你為什麼要瞞著我？見了二胡就老實說啊。

——說了你又要生氣。

——我才想問你為什麼不惜瞞著我，也要和他見面。

——你幹嘛連我交朋友也要干涉？

——因為我是你男友。

——是男友就能奪走對方重視的事物嗎？

——所以二胡對你來說很重要囉？

——他是很重要的朋友。和你的意義不同。

——就算意義不同，我還是不爽你將我和他看得同等重要。

——意思是你不希望我結交好友？

——我沒這麼說。

——那你到底是什麼意思？

一次次無謂的爭吵中，二胡顯得越來越重要，迫使榮開始思考「在我心中二胡到底算什麼？」。如果遠藤沒那麼在意二胡，榮的心情或許不會像現在這樣搖擺不定。

但這終究只是假設。

為避免造成二胡的心理負擔，榮絕口不提和遠藤吵架的事。沒想到儘管他極力維護和二胡的友誼，兩人仍漸行漸遠。

起初他以為是自己想太多，後來二胡一再拒絕邀約，他才意識到二胡在閃避自己。他問二胡「我做了什麼嗎？」，二胡每次卻都只說「我工作很忙」，令他懷疑二胡交了男友。

或許二胡也交了男友，和榮一樣被男友禁止和朋友見面。那麼榮就更不能纏著他了。另一方面榮又覺得，自己即使被禁止仍繼續和二胡見面，二胡這樣令他感到心理不平衡。

這股不平衡的感覺逐漸轉變為寂寞，到最後又開始思念二胡。榮心中充滿混沌的情緒，每天從家裡陽臺仰望夜空時都在想，不知二胡過得如何，是不是和男友很相愛。

高中時代的好友在畢業後疏遠是常有的事，久而久之就不會去想對方過得好不好，甚至忘了這個人。榮說服自己二胡也是如此，還是想開一點。他覺得自己真矛盾。

遠藤也在同一時期開始劈腿。總是聽榮訴說心事的二胡又不在身邊。榮處處受挫，心情盪到谷底。就在他每天過得鬱悶不已時，二胡久違地傳來訊息。

最近好嗎？

短短一句話就讓他欣喜若狂，隨即打電話過去。二胡躲了他那麼久，當時卻答應立刻和他見面。

好久不見的二胡打扮得好有型，令榮落寞地心想他果然交了男友。知道他沒交男友，榮鬆了口氣；聽到他開心出入二丁目的酒吧，榮又感到失落，內心五味雜陳。

——不行，這不是榮的！是我的！

榮睜開雙眼，看見自家的天花板。

他不知不覺在沙發上睡著，一看時間，已經過了正午。

在這段淺眠中，他夢見了二胡。在夢中，即使知道可能留下前科，將色情DVD誤認為毒品的二胡仍傻傻地逃跑。胸口好難受，彷彿有隻看不見的大手壓在上面，他再度閉上眼。

二胡為什麼願意為榮做到這個地步？雖說他是個重感情的人，但也沒必要犧牲自己的人生這麼做吧？

——難道二胡喜歡我嗎？

不經意的一個想法，讓胸口的壓迫感變得更重。

高中時，二胡整天嚷著喜歡榮。榮並沒有當真，只覺得那是他用來保護自己的一個男大姐笑話。然而如今榮的認知動搖了。他不禁心想，難不成二胡是認真的嗎？

——那我呢？

——我愛上二胡了嗎？

他不討厭二胡，甚至可以肯定地說喜歡二胡。然而他們以朋友的身分相處太久，榮難以判斷這個「喜歡」究竟是深厚的友情，還是戀愛的徵兆。榮因為主角酷似二胡而買了色情ＤＶＤ，可見應該從他身上感受到了性吸引力，但仍無法斷言是不是愛情。

唯一可以確定的是，他現在非常想見二胡。

他又看了看手機，二胡還是沒回。

看來一定是在工作，只能等他下班了。榮決定再睡一覺。他將手機鬧鐘設定為六點，這次好好躺上床入睡。

六點醒來，還是沒收到二胡的回覆。

二胡，工作辛苦了。今天加班嗎？下班跟我說一聲，幾點都沒關係。

榮寫完訊息覺得這樣好像很煩人，又全部刪除。總覺得不該在人家上班時催他回覆訊息，而且就算不催，二胡也不是個會無視訊息的人。

然而當天晚上榮仍未收到回覆。隔天他又傳了一則訊息過去，但到了傍晚二胡都沒回。榮擔心二胡病倒，下課後直接去二胡家。

他半路去了趟超市，買了水果以及作為主食的烏龍麵和蛋。由於擔心二胡可能發燒，還買了冰淇淋，此外還有二胡喜歡的香菇山。

榮按下門鈴，門內鴉雀無聲。二胡不在家，可見果然是在工作，總之不是生病就好。榮鬆了口氣傳訊息給他。

二胡，抱歉打擾你工作。你今天大概幾點下班？回我一下。

若說自己以為他生病跑來他家，可能會讓他有壓力，所以榮沒提這件事。等了三十分鐘對方還是沒回，榮只好黯然離去。

第二天、第三天，二胡仍無消無息，讓人心中滿是擔憂和不安。榮擔心他捲入犯罪之中，急切地傳訊息關心。

二胡，你還活著嗎？
活著的話回我一個表情符號也好。

榮上學途中傳了則訊息，中午又傳了一則，終於在傍晚收到回覆。

抱歉。我還活著，正在出差，今晚回去。

二胡只冷淡地說明狀況。知道他平安無事，榮放下心中大石的同時，卻又感到火大。出差中應該也能回訊息才對，讓人擔心成這樣真不像二胡的作風。然而想見他的心情比原本加深了一倍。

下課後榮又前往二胡的住處。他先去車站前的家庭餐廳，邊寫報告邊等到八點多，心想二胡應該回來了便前去他家。

然而二胡還沒回來。榮原想傳訊息給他，但想起今天那段冷淡的文字，復又作罷。忙碌時被人催問何時要回家，一定會覺得很煩。凌晨十二點多，就在榮的飢餓與思念達到最高點時，二胡終於到家了。

「……榮？」

看見蹲在家門前的榮，二胡不禁睜大眼睛。

「嗚哇，二胡，你總算回來了。我等得腳好痠。」

「抱歉，沒想到你在等我。」

「一直聯絡不上你，我超擔心的。還以為你病倒，買了吃的過來，知道你在工作後鬆了口氣，不過至少傳個訊息給我吧。」

「抱歉抱歉，這次出差真的很累。」

二胡老實道歉後，和榮面對面愣在原地。

「你不進去嗎？」

榮說完，二胡露出有些困擾的表情。

「啊，我可以進你家嗎？」

趕緊補了句一開始就該問的問題，二胡顯得更困擾。

——咦？

榮歪起頭，這才注意到二胡的樣子有些奇怪。

「工作中發生了什麼事嗎？」

「沒有，工作沒問題。」

二胡低垂著眼眸，低聲回道。

「我今天很累，打算一回家就睡覺，這樣你還要來嗎？」

「……喔，好啊，沒關係。」

「好吧……」二胡說著為榮打開家門。

一進屋內，二胡便將裝滿隨身物的沉重背包放在地上，說著「我去洗澡」進到浴室。榮心想，怎麼回事？二胡好冷淡。過了約五分鐘後他走出浴室，身上穿著充當睡衣的T恤和短褲，對無所事事坐著的榮說：

「我要睡了。」

「咦，這麼快？」

「嗯，我真的到極限了。啊，衣櫃裡有毛毯，你自己拿來蓋。」

二胡說著便爬上床。

「二胡，你頭髮還是溼的，要擦乾才行。」

「沒關係，太麻煩了。」

二胡躺在床上，望著榮說：

「……榮，讓你等了這麼久，我卻一回來就睡覺，真的很不好意思……」

說著說著眼皮越來越重，二胡閉上眼，發出深深鼻息。咦，這麼快就睡著了？是假裝的吧？榮緩緩靠近床鋪。

「……二胡？」

輕喚了聲，二胡沒有回應。看來完全睡著了。

——好不容易見到面，怎麼這樣？

榮全身無力，失落地垂下肩膀。

不過，當他近距離看著二胡的睡臉時，才發現二胡冒出了黑眼圈，臉頰也消瘦了些。垂放在被子外的手腕也比往常看起來更細。

對了，他們因為毒品疑雲被偵訊一整夜後，二胡就直接去出差，忙到連訊息都沒辦法回，直到第四天才回來。自己有溫柔迎接二胡嗎？有慰勞他的辛勞嗎？

——你總算回來了，我等得腳好痠。

榮想起自己對他說的第一句話，難為情地低下頭。他對於自私而毫不體貼的自己感到十分懊悔。可是他真的望眼欲穿，等了二胡好久好久。

「……二胡，對不起。工作辛苦了。」

他輕輕梳開二胡凌亂的瀏海。二胡「嗯……」地皺起眉頭，榮連忙收手。

明天是週日，二胡不用上班。榮打算做頓早餐向他賠罪。烤吐司、火腿蛋配咖啡。還是做日式早餐呢？白飯、火腿蛋配味噌湯。之所以兩種都有火腿蛋是因為技術問題。他心想或許該學做菜了。二胡忙到沒時間開伙，若他們交往的話，可能得由榮負責煮飯……

——呃，我在想什麼？

榮猛然回神。什麼學做菜、負責煮飯，自己怎麼會以交往為前提思考這些事？他將視線從二胡的睡臉移開，轉換心情環顧室內，留意到櫃子上的球鞋。他好像在哪見過。

榮走過去，拿起來仔細端詳。果然沒錯。他也有一雙同樣的球鞋，是高三那年生日遠藤送的，他喜歡到每天都穿，很快就變得又破又舊。

二胡家怎麼會有這個？之前來的時候都沒見過。球鞋旁還放著一件眼熟的T恤。

榮小心地將T恤攤開。

我爸來接我，我要回去了。對不起。希望以後還能再見。

看見潦草字跡的瞬間，榮的心彷彿被拉回那一天。

那天榮也期待能見到二胡。然而父親卻突然來接他，榮不希望二胡認為他食言，便央求催促他的父母稍待一會，穿越夜晚的鄉間小徑衝到泳池。原來二胡一直保留著那件T恤。

那麼這雙球鞋呢？尺寸是二十八公分，比二胡的腳大。這是榮的尺寸。榮不禁心想，難道是買給我的？隨即搖了搖頭對自己說，怎麼可能，別自戀了。但他想起二胡在毒品事件中的言行，還是覺得二胡懷著友情以上的情感，才會那麼做。

榮原以為他們是最好的朋友，如今才發現自己似乎對二胡一無所知。他將球鞋放回櫃子上，再度凝視起二胡的睡臉。

長長的睫毛，毫無防備、微微張開的雙唇。

好奇怪。二胡以前有這麼可愛嗎？

榮懷著甜蜜而苦悶的心情，出神地望著原是自己好友的二胡，感受到內心的情感逐漸確定下來。這樣的情感，只能命名為愛了。

榮在不知不覺間睡著，醒來時已是早上。

他昨晚盤著腿，將手臂放在床沿趴睡，因此全身痠痛。為避免吵醒睡夢中的二胡，他悄悄伸了個懶腰，接著去超商購買飯糰、蛋、火腿、切好的蔬菜和咖啡，回來時二胡也醒了。

「啊，二胡，早安。」

「……啊，榮。我還以為你回去了。」

「我只是去買吃的。一起吃吧？」

榮舉起超商塑膠袋說完，二胡笑著回道「謝謝」。他的黑眼圈消了，令榮安心了些。榮借用廚房，迅速做出火腿蛋和味噌湯。

「你要吃哪種飯糰？有梅子、鮪魚、鮭魚卵和雞肉番茄醬炒飯口味。」

「雞肉番茄醬炒飯是你愛吃的吧？」

「你喜歡的則是鮪魚和梅子。」

榮姑且問了一下二胡要吃什麼，但其實兩人都熟知對方的喜好。他將蛋黃破掉的火腿蛋給自己，完整的給二胡。

「哇，這個味噌湯真好喝。」

榮啜飲一口後驚嘆，二胡笑著說：「不是你自己煮的嗎？」

「重點是味噌。這是二胡奶奶親手釀的吧？」

「我明明說不會開伙，他們還是硬要寄來。」

「我們家也是，用紙箱寄了一堆蔬菜來。甚至有整顆南瓜，叫我怎麼吃。」

兩人開心聊著鄉下趣事，榮發現自己心中隱約有股不同以往的甜蜜滋味，感到有些害臊。二胡見到榮嘴角止不住地上揚，一臉疑惑。

「你在笑什麼？」

「呃，沒事，只是在想你的髮型好誇張。」

「髮型？」

「你昨晚沒擦乾頭髮就睡了，像搞笑短劇裡被炸過的人一樣。」

二胡邊吃鮪魚飯糰，邊用空著的那隻手撫平到處亂翹的頭髮，仍舊顯得很疑惑。

每個無意間的小動作都直擊榮的心。

——啊……怎麼回事？我要撐不住了……

他從沒想過自己會對二胡產生這種感覺。

「榮，你的臉怎麼這麼紅？」

「呃，有嗎？沒什麼啦。」

榮連忙辯解，但又改變想法。

「不，確實有事。」

榮放下筷子，一臉認真地望著二胡。

「二胡，我啊……」

「嗯？」

「那個，我，該怎麼說……」

榮一時語塞。要向認識多年的好友告白實在很害羞。但若不說，兩人的關係就不會有所進展。他告訴自己，沒問題的，二胡也喜歡我。儘管沒有證據，他仍這麼猜想。

他叫自己鼓起勇氣。

「我好像喜歡你。」

二胡瞪大眼睛。

「啊，不是朋友那種喜歡，而是戀愛的喜歡。」

二胡「咦」了一聲，眼睛瞪得更大。那雙完美的杏眼幾乎變成圓形。

「是說，現在才說這種話，好像有點晚。」

榮感到害羞，尷尬地笑著低下頭。心臟因期待和緊張而怦怦狂跳。他靜靜等待二胡說「好」，卻遲遲得不到對方的回應。他是不是嚇呆了？榮緩緩抬起頭，只見二胡的眉毛微妙地呈八字下垂。

——奇怪？

內心的期待逐漸轉為不安。

「……那遠藤呢？」

二胡終於開口，這時榮才意識到自己搞錯順序。對了，告白前應該先說明這件事才對。可見他比自己想的還要緊張。

「對不起，應該先說清楚才對。我和遠藤分手了。」

榮毫不猶豫地向他坦白。

「我那天從警察署送他回家後，和他談了很多。不只這次的事，我們之間累積了很多問題，雖然遠藤有他自己的想法，但我沒辦法再和他繼續下去。我不是因為和他分手才找上你，這是兩回事。」

榮直視二胡的雙眼，用眼神表示「相信我」。

「…………嗯，這樣啊。」

二胡面有難色地陷入沉默。榮再次覺得奇怪，心想，他是怎麼了？難道不相信我，懷疑我腳踏兩條船嗎？

「……啊，對、對了，怎麼會有那個？」

榮受不了這陣沉默，指著櫃子問。

「哪個？」

二胡順著他指的方向望去，露出「糟了」的表情。

「那邊的球鞋和T恤，我之前來的時候好像沒看過。」

「呃……嗯。」

二胡尷尬地垂下眼眸。

「因為我之前……藏了起來。」

「為什麼？」

二胡五味雜陳地笑了笑。

「本來想送你當生日禮物，但沒送出去。」

「……生日……咦，什麼時候？」

「高三那年。」

「可以送我沒關係啊。」

「可是和遠藤送的一樣。」

二胡低著頭笑了，笑容中彷彿帶著些許自嘲。

「不用在意這種事，我很高興啊。而且T恤你也一直留著。」

「……嗯，本來想丟掉的，但不知為何就帶過來了。」

見二胡的頭垂得更低，榮心底湧上一股無法抑止的愛意。

「二胡。」

「嗯？」

「可以問你一個有點難為情的問題嗎？」

「什麼問題？」

「如果我搞錯了，儘管笑我沒關係。」

「到底是什麼？快點說。」

「高中時你老是說喜歡我，難不成是認真的，而不是開玩笑？」

二胡聞言，猛地抬起頭。

兩人四目相交。

隔了一會，二胡才緩緩點頭。

「對，我從國中時就一直喜歡你。」

榮感受到近似震驚的喜悅。

「自從我們在泳池相遇之後嗎？」

二胡再次點頭。

「從第一次見面起，我就只喜歡你一個人，所以才會留著那件T恤。高中和你重逢時，我甚至覺得像在作夢。」

榮目瞪口呆。他一方面叫自己別自戀，另一方面又覺得二胡可能真的喜歡自己。

但他沒想到竟然是從國二那年夏天起，喜歡了整整六年——

「……我有夠蠢。」

榮低著頭，胡亂揉著頭髮。他真的太蠢了。對二胡的歉意以及滿滿的愛意湧上心頭。

「二胡，對不起讓你等了這麼久。我今後——」

「可是我不確定自己現在喜不喜歡你。」

榮訝異地眨了眨眼。

「應該是因為喜歡得太久，反而有點……沒勁了吧？」

二胡望著空氣，歪著頭說。

「你討厭我了嗎？」

「沒有。」

「那……」

「可是總覺得……沒有以前那麼喜歡了。」

榮感覺腦中像是被人潑灑了白色油漆。

——雖然不討厭，但不像以前那麼喜歡了。

榮也曾對遠藤說過一樣的話。

扔出的迴力鏢如今繞了一圈飛回來，砸在自己身上。

「所以我可以之後再回覆你嗎？」

「……呃，好。」

榮下意識點頭，二胡向他道謝後嘆了口氣，繼續吃早餐。他吃著鮪魚飯糰，笨拙地用筷子將火腿蛋切成小塊，喝光味噌湯。最後滿足地合掌說「我吃飽了」。

「肚子好飽。榮，謝謝你，很好吃。」

「啊，嗯，太好了。」

「吃飽之後又想睡了。抱歉，我可以睡回籠覺嗎？」

「好。」

「真的很抱歉，這次出差太累了。啊，碗盤我待會再洗，放著就好。回去時記得幫我鎖門，然後把鑰匙放在信箱。」

榮聽著他交代的事頻頻點頭時，二胡已經爬上床。兩人互道晚安後，二胡就閉上眼睛墜入夢鄉。

榮愣了一下，這才發現二胡是在委婉地趕他走。他繼續將早餐吃完，慢吞吞地起身，拿起用過的碗盤走到廚房。為避免吵醒二胡，靜靜地洗完碗盤後，便離開二胡家。

——他應該很累吧？

——真不該在這種時候來找他。

——他昨天可能想趕我走吧。

——可能也不想吃早餐吧。

——是說，我被甩了嗎？

走去車站的路上，現實一點一點湧入腦中。他以為二胡喜歡自己。實際上二胡真的喜歡過榮。他五天前才在警察面前拚命保護榮，今天卻說「不確定」自己的心意。

感情是這麼容易改變的東西嗎？

榮一方面不願接受現實，另一方面又懊惱自己竟如此自戀。但不管怎麼說，他都對告白一事後悔不已。這時手機收到訊息震動起來。原以為是二胡，一看卻是遠藤。儘管失望，姑且還是看了一下訊息。

上次的事真的很抱歉。我知道再怎麼道歉都沒用，但可以再和你見面聊聊嗎？我相信我們共度的時光不會白費。

榮嘆了口氣，關掉螢幕。共度的時光？背叛這段關係的人明明就是他吧？榮原本那麼喜歡遠藤，如今卻已對他毫無感情。不過關係變成這樣，榮也要負一部分責任。榮從高中起就喜歡遠藤，愛得比對方更深。遠藤也明白這點，所以儘管發生這麼嚴重的事，仍覺得有機會復合。他嘆了口氣心想「別這樣小看人好嗎」，內心忽然冷靜下來。

——應該是因為喜歡得太久，反而有點……沒勁了吧？

二胡這麼說。榮剛剛還在想「感情能說變就變嗎」，但換到自己身上就很明白了。他現在對遠藤的感覺正是如此。

之前儘管發現遠藤劈腿，榮還是沒辦法和他立刻分手。愛了那麼久，要下定決心分開也需要時間。人類和能夠即時處理錯誤的電腦不同，即使現實就擺在眼前，要認知並接受還是要花一段時間，感情則會在這段時間逐漸減少。

有一天才會忽然意識到——

啊，原來我已經不喜歡那個人了。

雖然不討厭，但已經沒那麼喜歡了。

不只戀愛如此，對於藝人或興趣也一樣。

二胡肯定也是。他從國中就喜歡榮，每次聽榮談起遠藤時想必很難受，但他還是笑著陪在榮身邊，對榮的情感就這樣不斷消磨，前幾天的毒品事件終於讓他的情感耗盡。

愛是有限度的，榮對遠藤的愛已經見底。他在責怪遠藤的同時，也意識到自己從未察覺二胡的痛苦。原先還得意地認為二胡喜歡自己，真是丟臉。一切會不會太遲了？

二胡要他再等等。

所以或許還有希望。

榮想著想著，突然停下腳步。他幾乎已經被甩，卻還將希望寄託在對方的一句話上，怎麼這麼不乾脆？剛才看見遠藤的訊息還傻眼地心想「適可而止吧」，自己卻半斤八兩。

他仰望著天空大嘆一口氣，心想人還真是看不見自己的問題。

要一起吃晚餐嗎？

榮早上上學途中傳的訊息，二胡直到很晚才回。

我剛下班。如果你不嫌晚的話，我可以啊。

榮看了眼時間，晚上九點。好晚，太晚了。這麼晚才回覆，令人不禁懷疑他是不是在委婉拒絕，但能見一下面也好。榮想見他。

完全沒問題。你應該很累，我去你家做飯吧？

這麼晚了，這樣很麻煩吧？

一點都不麻煩。我現在就過去，你在家等我。

榮火速衝出家門，去二胡家的路上思考著自己會不會太過強硬。他說不定是想拒絕才拖到這個時間回覆。二胡不是會拐彎抹角的人，但兩人現在正處於尷尬的時期。他受不了這樣胡思亂想的自己，同時想起這種亢奮和沮喪宛如旋轉門般不斷交替的狀態，正是戀愛初期的症狀。他在半路買完食材，全速衝向二胡家。

「抱歉來晚了。你餓了吧？我馬上做飯。」

二胡打開門見到他後一臉訝異。

「你用跑的過來？」

「嗯，對啊。」

他意識到自己喘得像狗一樣，感到很難為情。也太不從容。但能見到二胡還是很開心。他要二胡在桌前等待，自己在狹小的廚房裡迅速做了幾道菜。二胡仔細端詳桌上的菜色。

「哇，香蒜義大利麵、蔬菜炒肉片、味噌湯。」

「我挑了幾樣現在的拿手菜色。」

「好厲害，每樣看起來都好好吃。我午餐隨便解決，現在超餓的。」

「還好我多做了一些。那我回去了。」

二胡面露驚訝。

「你不一起吃嗎？」

「不用了。其實我剛剛太餓，八點左右就先吃了。」

「……抱歉，都怪我太晚回覆。」

「沒關係，你在上班嘛。」

榮說完，二胡不知為何露出太調皮而被主人責罵的幼犬般的表情。

「所以你只是來幫我做晚飯的嗎？」

「我是想見你才來的。」

榮正要往門口走時，被二胡拉住。

「不要這樣，我才沒那麼狠心，叫你來做完飯就趕你走。」

二胡表情認真地拉著榮的上衣。

「……好，那我再待一下。二胡，趁熱吃啊。」

在榮催促下，二胡連忙合掌開動。

「義大利麵的蒜頭味好香，好好吃。蔬菜炒肉片也稠稠的。」

「我煎肉片時撒了點太白粉，蔬菜出水後就變得像勾芡一樣。」

「好酷喔。我從來沒買過太白粉。」

二胡吃得很快，邊吃邊稱讚，讓榮很有成就感。

「我打算再多學幾道菜。」

「真好，會做菜的男生感覺很受歡迎。」

「我會加油的，我想受你歡迎。」

二胡聞言，原本正準備送入口中的炒青菜掉在桌上。

「吃飯時別說這種話啦，害我嚇到了。」

他邊說邊將桌上的青菜用衛生紙包起來。

「抱歉，但我是認真的。」

「你有在聽我說話嗎？」

「我可以追求你嗎？」

榮再說了一次，二胡困惑地停下吃東西的動作，先是嚴肅地凝視包著青菜的衛生紙，看了看櫃子上的球鞋，又一臉苦惱地用叉子捲起義大利麵。看起來十分不知所措。

「……我沒有權利說不行，可是……」

「可是？」

「我不保證能回應你的期待。」

「這種事你不必放在心上，是我自己想付出。」

榮笑著說完，二胡的表情顯得更為難。讓喜歡的人困擾好像不太好，但榮還是不想放棄。戀愛是自私的感情。

「二胡，有沒有什麼我能為你做的？」

「突然這麼問……我沒什麼要求。」

二胡仍不停捲著義大利麵。

「抱歉，突然說這些，你也不知道怎麼回答吧。繼續吃吧。」

榮這麼說完，二胡終於停止捲麵。接著緩緩抬頭，以一副既為難又慚愧的奇妙表情注視著榮。

「……我今天是在測試你。」

「嗯？」

「早上收到你的訊息時，我其實可以立刻回，但沒有那麼做。我刻意等到晚上才回，原以為你會說『時間太晚，還是算了』。」

「我來是不是造成了你的困擾？」

「還好。不過看到你說立刻過來時，我嚇了一跳。不是不希望你來，而是沒想到你會來，所以才嚇到。刻意讓你等了這麼久，你卻完全不生氣，還做飯給我吃，讓我有點害怕。」

「等、等一下，我可不是跟蹤狂。」

「我知道，我不是那個意思。」

二胡視線游移，思考著該如何表達。

「我一直暗戀著你，三番兩次想死心都辦不到，老實說真的很痛苦。直到最近才自然而然能夠放下。好不容易整理好心情，正樂得輕鬆，很害怕一切又重新來過……我的害怕是這個意思。」

最後一句話重擊了榮的心。

「所以我才會測試你。為了測試你是否真的喜歡我，刻意不立刻回訊息，等到你可能打消念頭時才回。我討厭這樣的自己。」

二胡低著頭，看起來真的很掙扎，榮再度對於過去的遲鈍和粗神經感到後悔。痛苦了那麼久，好不容易能放下時卻又要從頭開始，當然會感到害怕。換言之榮在戀愛方面對二胡來說是從負分起算。

「對不起，很抱歉過去那樣對你。」

榮低頭道歉，二胡卻說「不是的」。

「我討厭的是測試你心意的自己。」

「不，二胡，這——」

「不過仔細想想，這也無可奈何。」

「咦？」

榮疑惑地眨眼，只見二胡的表情逐漸轉為篤定。

「若要吃過期的食物，任誰都會先試過再吃。看看色澤、聞聞味道、稍微舔舔看，如果真的不妙，還會拿去洗一下。」

「……過期食物。」

真是個精闢的比喻，他簡直是天才。

「這、這樣啊，原來我過期了。哈哈，說得真好。」

榮扯著表情僵硬的臉，拚命擠出笑容。

「啊，抱歉。所謂過期是我自己心情的問題，你是個很好的人。不但阻止我自殺，還讓我有擺脫霸凌的機會，並保護我免於同學和鄉下阿姨的偏見攻擊，你是最棒的朋友。」

「……呃，謝謝。」

榮額頭上彷彿被烙下大大的「朋友」字樣，不知該不該開心，心情複雜地垂下頭。

「不過，你剛剛來我家時一副氣喘吁吁的樣子。一想到這麼晚了，你還拚命跑來……我還是覺得很開心。」

榮低靡的心情瞬間開始回升。

「我現在的心情雖然偏向害怕，但聽到你要為我努力時還是開心了一下。我不知道今後會如何，但也有點想知道會如何發展。」

「……你的意思是……」

還有機會這麼回事嗎？

「我沒辦法保證任何事，這樣你能接受嗎？」

「可以，當然可以。儘管測試我吧。」

榮忍不住探出上半身。

「如果有什麼希望我做的，儘管跟我說。」

「沒關係啦，你做自己就好了。」

「可是我在你心中已經過期，如果又做錯事，豈不是更不利？」

「那我若覺得討厭，就直說好了。」

這樣也好，經常溝通就不會產生奇怪的誤會，榮也不會因太過在意而心生不安。

「那麼，我今晚可以住下來嗎？」

「太快了吧？」

二胡目瞪口呆。

「呃，我什麼都不會做，只是要過夜而已。只是睡在一個屋簷下而已。」

榮連忙辯解，像極了在愛情賓館前鼻息紊亂說著「我什麼都不會做，只是休息一下，走吧、走吧」的好色男人。他為此焦急不已。

「抱歉，還是算了。」

「可以喔。」

榮驚訝地睜大眼睛。

「可以嗎？」

他興奮到語尾上揚。心臟怦怦狂跳，鼻息不可抑制地變得紊亂。二胡看榮的眼神莫名銳利起來。糟糕，他一定是誤會了。

「二胡，不是的。我沒在想色色的事。」

「我知道，你不是那種人。」

聽見二胡篤定地這麼說，榮尷尬地心想，不，我確實有一點這樣的念頭。

「對，那當然。我不會做奇怪的事。」

但他還是正經八百地點點頭。

那天夜裡，他和二胡兩個人擠在一張狹小的單人床上。

榮原本說要睡地板，二胡的反應有點奇怪，所以他還是答應睡床上。要是繼續拒絕下去，反倒顯得有邪念。他的確有邪念，希望有機會發生點什麼。是男人都懂。可是這次即使咬碎了牙也要忍耐。

——這關乎我往後的誠信……

他們並非第一次一起睡，但他對二胡的友情變為愛情後，如今異常緊張，想不起以前都採什麼睡姿。他現在的姿勢就像擁擠電車內的上班族，為避免被誤認成色狼而用雙手將公事包緊抱在胸前，又像躺在棺木內的埃及法老。當他平躺著仰望天花板時，聽見二胡的呼吸逐漸加深。

——他睡著了嗎？

等了一會之後，榮悄悄看向旁邊。適應黑暗的雙眼看見二胡的睡臉。滑順的鼻梁，紅色胡頹子般圓潤柔軟的雙唇。明明答應什麼都不會做，卻突然有股強烈的欲望想做點什麼。看看就好……榮想著便撐起上半身。

榮屏住呼吸，探頭凝視那張可愛的睡臉。二胡看起來就像在等一個吻，榮下意識將嘴唇靠了過去。好想吻他，好想吻他。若能吻他，就算死也——

——不行！

榮在吻下去之前回神。真的好險，他不由得將手壓在心臟上。差點就背叛二胡了。從高中起他就一直不自覺地傷害二胡，喜歡上對方後，又宛如一隻連等待都不會的笨狗。

他勉強閉上眼，打算就此睡去，身後的二胡這時翻了個身。榮彷佛感覺到二胡在看他。怯怯地回頭，和二胡在黑暗中四目相交。榮心臟猛跳。原來二胡醒著，他該不會知道榮打算吻他吧？

兩人在黑暗中一動也不動地對視。

榮耐不住緊張，嚥下口水。

二胡。

他用氣音呼喚對方。二胡沒有回應。

怎麼辦？難受到喘不過氣。他將被子裡的手緩緩伸向前。

指尖碰到二胡，他抓起二胡的手。

二胡。

他又呼喚了一次。

二胡還是什麼都沒說，但也沒甩開榮的手。

他的心在這股灼熱中融化，流向二胡，逐漸定形。

感覺既甜蜜又苦澀。

隔天，身為社會人士的二胡當然要上班。兩人一同出門前往車站的路上，榮問他什麼時候能再見，二胡卻反問他：

「你想要什麼時候見？」

「越快越好，最好是今天晚上。」

榮老實回答，二胡聞言輕笑起來。

「如果我沒加班就可以。」

「你沒有勉強自己吧？」

「沒有。我若不喜歡會直說，不用一直問。」

「知道了，不會再問。」

通過剪票口後，兩人揮手道別。

二胡今晚若沒加班，就能和榮見面。榮叫自己別太期待，但期待感還是油然而生。晚上要吃什麼呢？榮再做一餐也行，不過他目前對自己的手藝還沒那麼有信心。出去吃好了，請二胡吃頓美食……

——啊，不行，我還沒領到生活費。

榮在月臺嘆氣時，身旁來了一名上班族。那個人對著手機說自己要直接去客戶那邊，下午會回公司，叫對方先把報價單準備好。

榮瞄了那個人一眼，心想社會人士還真辛苦。又忽然想到對於已出社會的二胡而言，還在念大學的自己或許很不可靠。二胡曾抱怨職場都是大叔，常去的同志酒吧應該也有很多年長的同志。

他好像還說那裡有很多認識新朋友的機會。過期的榮真的能與那些時尚又世故的成熟同志匹敵嗎？腦中的想法逐漸偏向負面，他回想起昨晚在單人床上和二胡牽手入睡的情景，心情好轉了些。

對了，二胡並不「討厭」榮。

然而也不像以前那麼「喜歡」。

他們現在的關係就像不斷搖晃的挑擔人偶，置於微妙的天平上。

榮回到家，收拾東西準備去學校時，門鈴響了。他對門外的人說「來了」並透過貓眼查看嚇了一跳。是遠藤。

「榮，是我，開門。」

「等等，我正要出門，我們外頭見。」

「一下下就好，只是要把你放在我家的東西還你。」

遠藤對著貓眼出示紙袋。榮勉為其難地開門，遠藤說「抱歉突然跑來」。見他正常地打招呼，榮鬆了口氣。

「應該就這些，我要順便把我的東西帶走。」

「啊，等等。」

遠藤將紙袋塞給榮後，逕自走進屋內。他打開衣櫃，從抽屜拿出自己的睡衣和內褲，放入帶來的紙袋中。

「噢，原來這件上衣在你這裡，我找了好久。去年生日你送我的。雖然很喜歡，不過分手後繼續穿不太好吧？」

遠藤笑著尋求榮的同意，榮不知如何回答。

「這本你看完了嗎？」

遠藤從書櫃抽出一本書，那是榮之前向遠藤借的小說。

「還沒看的話就放你這裡，以後再還我就行了。」

「不用了。」

「是嗎？」

遠藤簡單回應後，將小說丟入紙袋中。接著走向廚房，將之前買的成對碗盤也放入紙袋。儘管是易碎物，他卻沒用東西包起來，盤子和馬克杯發出刺耳的碰撞聲。他的動作越來越粗魯。

「那傢伙常來嗎？」

「還好。」

榮含糊地說完，遠藤突然停下動作。

「你們在一起了吧？」

「沒有。」

「為什麼?快跟他在一起啊，他等了你那麼久。啊，餐具還是留著好了。買新的又要花一筆錢，你們就用這些吧。」

遠藤將收進紙袋的盤子又放回去，粗手粗腳發出巨大聲響。榮決定還是什麼都別說，默默等待這段尷尬的時間過去。

「對了，那個留著不太妙。」

遠藤回到房間，拿起榮放在桌上的手機。

「喂。」

「只是要刪掉我們的合照而已。」

他一面閃躲榮的手，一面快速操作手機。

「唉，一張一張選好麻煩，可以全刪嗎？」

「不行，還有其他照片。」

「不要碰我！」

遠藤甩開榮抓住自己的手，這時手機從他手中飛出去，猛地撞上通往陽臺的落地窗，傳來玻璃破裂的聲音。突如其來的狀況讓兩人愣住。

「……對、對不起，我不是故意的，只是手滑。」

「沒關係，我知道。」

說是這麼說，榮內心卻想抱頭大喊「饒了我吧」。

「……榮，你和他在交往嗎？」

話題又繞回來。

「沒有。」

「之後會交往嗎？」

「目前不知道。」

「不可能和我復合了?」

「對不起。」

榮答得很乾脆，遠藤陷入沉默。

「……算了，我也有屬意的男友人選。」

聽見那自暴自棄的口吻，榮皺起眉頭。

「該不會是那個藥頭吧?」

「不是，是大學的學長。之前好像就很喜歡我。」

「是正經的人嗎?」

「跟你無關。」

「對不起。」

「不要道歉，聽了真火大。」

榮原本還想說抱歉，連忙閉上嘴。

「……我也不知道怎麼會喜歡上那種人，很受不了自己。直到鑄下大錯，被爸媽狠狠罵一頓，又被你甩掉，我才清醒過來。」

榮在心中回道「這或許是好事」。

「可能是因為跟你快走不下去，心裡很著急吧。」

「咦，是嗎？」

「我們不是經常吵架嗎？」

「吵歸吵，但我並沒有想要分手。」

「原來你沒發現啊？」

「發現什麼？」

「你的心漸漸偏向那傢伙，所以我們才會吵架。」

「等等，應該是反過來吧？」

榮認為是每次吵架遠藤都會提到二胡，所以二胡在自己心中的分量才會越來越重。見榮一副不同意的樣子，遠藤聳了聳肩。

「真好笑，我們連對分手的原因都沒有共識。」

遠藤泫然欲泣地擠出笑容。

「我賠償你玻璃修理費。」

「沒關係，又不是故意的。」

「可是……」遠藤聞言欲言又止了一會，點頭道謝。

「抱歉到最後還給你添麻煩。」

「我也一樣。」

榮送遠藤到門口。

「再見，榮。」

「好，你也保重。」

遠藤要離開時像是想起什麼，將手伸進口袋。

他遞出榮家的鑰匙。榮接過時回想起過去的種種，胸口隱隱作痛。他從高中起就一直喜歡遠藤。儘管遠藤有時很任性，但榮愛著他時連那些部分都覺得可愛，也有很多開心的回憶。

家門關上的瞬間，榮深感後悔。但那彷彿心中最後一圈漣漪，之後就慢慢平靜下來。他嘆了口氣回到家中，看見破掉的玻璃窗立刻被拉回現實。糟糕，氣象預報說今天下午會下雨。

他先清理地上的玻璃，打算打電話給房屋管理公司。房租契約上應該有電話號碼，但他忘記契約收在哪裡。

東翻西找了一陣子，找到時已是下午。聯絡管理公司，對方說業者很忙，要等到明天才能來修。在家中窗戶破掉時離家不太好，所以他只好不去大學。這也無可奈何。比較嚴重的是天氣問題。

變天的時間點比預測早，嘩啦嘩啦下起雨來。原以為下點小雨應該沒事，結果越接近傍晚風勢越強，雨斜斜地從破窗吹進屋內，拉上窗簾也擋不住。為避免床被淋溼，榮便將床從窗邊移到房間中央。

風雨越來越強。榮找出家中所有毛巾，擦拭吹進屋內的雨水，擰乾溼透的毛巾，就這樣來來回回清理時，收到了二胡的訊息。

今天天氣差，提早收工。晚上要吃什麼？

二胡平常都很忙，今天卻突然有空，真是不巧。

抱歉，今晚可能沒辦法見面了。我家正陷入危機。

榮拍下破窗的照片，連同哭泣的表情符號傳送過去。明明是自己說想見面的，他抱著歉疚和惋惜的心情，繼續擦地。擦著擦著肚子餓了起來。這才想起今天忙東忙西，連午飯都沒時間吃。

這時門鈴響了。他走向門口，心想這麼晚了不知道是誰。

「是我，二胡。」

榮聽見那夾雜在雨聲中的聲音，一秒就將門打開。

「我來救你了。」

二胡提著大包小包，又是大片三合板，又是工具箱，又是超商塑膠袋。他說要幫忙做些應急措施，環顧房間後驚訝地說：「你家遭小偷了嗎？」

「窗戶破了之後，我找了一下房租契約，把床移位，把毛巾找出來，結果就變成這樣。」

冷靜下來仔細一看，房內淒慘到連腳踩的地方都沒有。

「還好我有來。我把你傳給我的照片給工務課的前輩看，他幫我裁了一片出租公寓窗戶尺寸的三合板，還借我工具。」

「……你是神。」

榮十指交握做出祈禱手勢，二胡說著「包在我身上」便開始修補。

「你教我吧，我來弄。」

「沒關係，你幫我按著就好。」

二胡俐落地將兩片三合板用防水膠帶固定在窗框上，再用釘槍將釘子打入木板接合處，接著再度用防水膠帶牢牢固定，蓋上一層防水布後，三度用防水膠帶固定。

「雖然簡陋，但應該能撐過一晚。」

「已經很夠了。謝謝你，真是幫了大忙。」

「啊，你餓了嗎？我在超商買了吃的。」

「神啊，我向您宣誓效忠。」

榮朝二胡單膝下跪，二胡得意地笑起來。

他買了南蠻炸雞便當、漢堡排便當、泡麵、可樂、洋芋片，以及香菇山和竹筍村。這些零食勾起高中回憶，兩人邊吃邊說好懷念。

「二胡，真的很謝謝你。你難得提早下班，真不好意思。」

「反了吧？正因我提早下班，才能來幫你啊。」

榮聞言，想起遠藤白天說的話。

——真好笑，我們連對分手的原因都沒有共識。

一段感情結束時，雙方連對小事都會有歧見，開始時卻連小事都異常地有默契。即使是同樣的事也會有不同結果，端看當事人心在何處。他和二胡現在心在何處呢？

「對了，窗戶怎麼會破？」

二胡吃著香菇山問。

「呃，這個嘛……」

見榮支支吾吾，二胡意會過來。

「很難啟齒的話，不說也沒關係。」

這時如果含糊帶過，之後感覺會很麻煩。

「遠藤白天來過。」

榮老實回答，二胡香菇山吃到一半愣住了。

「他把我放在他那裡的東西拿來還，順便把他的東西帶走。過程中我們吵了起來，不小心砸破的。」

榮望向補好的窗戶，二胡也跟著看了一眼，應了聲「這樣啊」，將原本正準備吃的香菇山放入口中，發出「咔滋咔滋」的聲音。

「遠藤還會再來嗎？」

「不會，他鑰匙也還我了。」

榮從褲子口袋拿出鑰匙，想了一下後丟進垃圾桶。

「之後給你時會打一把新的。」

「我不是這個意思。」

「是我自己想這麼做的。」

二胡露出為難的表情，繼續吃香菇山。

「今晚打算如何？」

「什麼如何？」

「我希望你留下來過夜。」

「不行，我今晚要回家。」

見榮一臉失望，二胡輕笑起來。

「明天一早要出差。」

「去哪？」

「仙台。」

「假如明天沒事的話，你會住下來嗎？」

二胡聞言，望著空氣思考了一下。

「……可能……會吧。」

榮腦中彷彿有顆極大的彩球被拉開，噴出彩帶和鴿子。

嘴角無法抑制地一點點上揚。

然而二胡卻皺著眉，像個快哭出來的孩子。看起來很無助，又很可愛。還是朋友時，榮從未見過他這樣的表情。

榮的心好似有股被指尖輕輕捏起的感覺。

兩人歷經一個月朋友以上、戀人未滿的測試期。

起初榮早上傳訊息，二胡有時晚上才回，如今他已會正常回覆。

今晚可以去你家做飯嗎？

榮下午下課後傳訊息問二胡，大約半小時後收到回覆。

抱歉，我今晚要久違去一趟二丁目。老闆傳訊息來關心我了。

他說的老闆應該是個男的，而且二丁目走到哪都是男同志，他去的地方又有提供酒精飲料。一陣危機感在榮胸口竄動。

二丁目啊。我之後也想去那裡看看。

榮裝作不經意地釋出「快點邀我」的訊息，覺得自己心胸真狹小。就在他後悔傳了煩人的訊息時，二胡傳來回覆。

那要一起去嗎？

榮做了個勝利姿勢。

榮初次來到二胡經常造訪的二丁目酒吧，是間待起來很舒服的好店。

「他是我高中以來的朋友，榮。」

二胡介紹完，榮親切地向眾人低頭問好。認識二胡的熟客們紛紛親暱地說「哈囉」。老闆長相精悍但個性沉穩，顧客之間也一片和樂。然而中途二胡去廁所時，氣氛卻為之一變。

「哦？你就是妮可的王子啊。」

剛才還面帶微笑的常客們失禮地打量起榮。

「總覺得和想像中不太一樣。還以為妮可迷戀多年的對象應該會長得更帥呢。哎呀，抱歉囉。」

男大姐絲毫不帶歉意地向榮道歉，榮勉強回以笑容。這麼說有點怪，但他還是生來第一次被人批評長相。

「王子，你男友是怎樣的人？」

「我沒有男友。」

「咦？可是妮可說你有啊。」

「前陣子分手了。」

「咦咦！」聽見榮這麼說，眾人誇張地大叫，令榮嚇了一跳。

「那麼你和妮可在交往了嗎？」

眾人的臉一同亮了起來。

「不不，我和二胡不是那種關係。」

眾人又一同皺起眉頭。

「你在玩弄妮可嗎？」

「不是、不是，絕對不是。」

「那就快跟他在一起啊。長這麼帥竟然是渣男。」

榮被男大姐瞪了一眼，很想回說「你剛剛不是才批評我的長相嗎」，但忍住了。是說，大家為什麼對他這麼有敵意？為什麼一見面就找他的碴？榮正感到不知所措時，老闆跳出來打圓場說：「大家適可而止吧。」

「抱歉嚇到你了，畢竟妮可是我們這裡的吉祥物。」

「吉祥物？」

「他個性老實、肯努力又專情，卻總是容易吃點小虧。這裡的客人聽到他有個暗戀多年的初戀王子，都一直為他加油打氣。」

「這、這樣啊。」

「妮可人很好，做事卻不得要領，大家都希望他能跟王子有好結局，或者乾脆拋棄舊王子，早點找個能讓自己幸福的新王子。所以大家見到你心情有點複雜。」

原來如此。老闆平靜地接著說下去。

「毒品那件事，妮可像自己的事一樣為你操心，還來找我商量對策，擔心到冒出黑眼圈。我說很危險，叫他別多管閒事。聽說妮可把色情ＤＶＤ誤認為毒品，從警察面前逃離是吧？」

「……對。」

「妮可真傻。」

老闆溫柔地瞇起眼睛，隨後換了一副表情。

「下次再讓妮可受那種苦，我可不原諒你喔。」

他儘管在笑，眼中卻沒有笑意。

「……是，我今後會好好對待他的。」

榮直視老闆的雙眼點頭說完，老闆恢復成原本的柔和表情。

「歡迎回來。」

老闆朝榮身後露出微笑。榮回頭一看，二胡回來了。

「好慢喔，妮可。我差點就成功勾引到王子了。」

一旁的男大姐笑著倚靠在榮肩上。

「請別對榮做奇怪的事。」

「討厭啦，妮可，你吃醋了嗎？」

「沒有，可是榮畢竟是第一次來二丁目。」

眾人一反剛才的態度，笑著調侃臉紅的二胡。大家到底有多愛他？榮越想越著急。這裡對二胡而言雖然是綠洲，對榮而言卻像婚約對象的老家，家裡有許多反對兩人結婚的父老兄弟。

後來，兩人配合末班電車時間離開酒吧，緩步走向車站。

「這間店很不錯吧？大家善解人意，又幽默風趣。」

「呃，是啊。」

榮點點頭，心裡卻想自己第一次來到這麼可怕的店。他彷彿被人從頭到腳打量一番，確認能否配得上「我們家的可愛老么」。

「尤其是老闆，他很帥吧？我是獨生子，不禁將他當作大哥看待。」

「……大哥。」

榮想起老闆瞪人時氣勢十足的眼神，不由得背脊發涼。

「你看起來好像有話想說。」

「我只是在想，老闆好像喜歡你。」

二胡愣了一會之後，噗哧笑了起來。

「你在說什麼？老闆三十二了耶。年紀和我差一輪。」

「戀愛和年紀無關。他肯定對你有意思，你要小心點。」

二胡聽完顯得有些不悅。糟糕。

「老闆是很好的人，既溫柔又會照顧人，在我工作受挫時教我能打起精神的咒語，發生毒品事件時也很為我擔心。」

「抱歉，老闆的確是好人，稍微聊聊就能感受到。」

榮明白老闆打從心底關心二胡。但總覺得背後動機比起兄弟之情，更像是有非分之想……或許是因為榮太沒自信才會這麼想。啊，竟然將全世界的男人都當作情敵，真是丟臉。

榮瞄了二胡一眼，只見他莫名噘起嘴。

「抱歉，是我不好。」

「我沒有怪你，不用道歉。」

他的聲音有些冷淡。啊，糟糕。這下糟糕了。

「我這樣真的不太好。可是，該怎麼說……」

「什麼事？」

別說，說出來二胡肯定會感到傻眼。儘管榮這麼想——

「……吃醋。」

「咦？」

「我在吃醋，抱歉。」

榮乾脆地道歉，令二胡疑惑地眨了眨眼。

眼見形勢對自己越來越不利，榮難為情到極點。

「老闆很帥對吧？」

「嗯。」

「既溫柔又會照顧人對吧？」

「嗯。」

「年紀比我大得多，經營酒吧，又是個能夠依靠的成熟男人對吧？」

「嗯。」

「相反地，我卻是個已經過期的男人。」

「…………」

「這樣當然會嫉妒吧？」

二胡神情複雜地望著榮。啊，好難堪。榮已放下所有戀愛招數和策略，將底牌全部展示出來，無比赤裸。因為喜歡二胡，而想立刻向他下跪道歉。也因為喜歡二胡，不想在他面前做出下跪這種丟臉的事。

榮內心一陣煎熬，這時二胡忽然撇過頭。啊，不能再這樣僵持下去了。若繼續這樣死要面子，將來一定會後悔。丟臉就算了，還是該跪下來拚命道歉。榮正準備低下頭時——

「我以前吃了更多醋。」

二胡喃喃低語。

「咦？」

榮抬起正準備低垂下去的頭，只見二胡氣呼呼地瞪著自己。

「我感受過的嫉妒比現在的你多一萬倍。」

榮愣了一會，才意識到自己有多蠢。是真的，他說得沒錯。他在榮身邊聽了很多與遠藤之間的事，榮還毫無顧忌地炫耀甜蜜事蹟。

他對自己的自私感到羞愧。

另一方面，喜悅也逐漸湧上心頭。

二胡真傻。這種事還是別說出來，比較能在關係上取得優勢。但見到榮將手牌全部攤開，二胡也向榮展示了對自己不利的牌。榮知道這正是二胡的優點之一。

——他個性老實、肯努力又專情，卻總是容易吃點小虧。這裡的客人聽到他有個暗戀多年的初戀王子，都一直為他加油打氣。

榮腦中響起老闆剛才說的話。說得太對了。

若不快點挽回關係，二胡可能會被別人搶走。

快點、快點，若不趕緊抓住他，將來可能會後悔。

強烈的焦躁湧現，榮在這股焦躁感驅使下，抓起二胡的手。

「榮？」

榮拉著困惑的二胡，走進大樓間的暗巷。

「咦、咦？」榮摟住驚訝的二胡，吻上他的唇。

二胡嚇得亂動，貼合的嘴唇因而分開。榮追著二胡的嘴唇，再度用力吻了上去。

二胡的呼吸帶有剛才喝的薑汁汽水香氣。

「……抱歉，突然吻你。」

榮抱著全身無力的二胡道歉。

「覺得抱歉就不要這麼做。」

二胡的耳朵貼在榮的臉頰上，熱得像要燒起來。

「抱歉。」

「就說不要道歉了。」

「可是我可能還會再吻你。」

二胡「咦」了聲，想將身子退開。榮摟住他，將唇貼在他發紅的耳朵上。

「……榮，不要這樣。」

二胡扭動身體。透過上衣傳來的體溫逐漸升高。

「……二胡，怎麼辦？我好喜歡你。喜歡到不知該怎麼辦。」

二胡在榮懷裡縮著身子。榮能感受到他的緊張、困惑和害怕。

「……這種事我怎麼知道？」

儘管語氣中帶著怒意，二胡的手卻緊緊抓著榮的上衣。

大學開始放暑假，不過身為上班族的二胡還是要工作，無法像大學生一樣三天兩頭就和榮見面。因此榮決定努力打工，為兩人的未來提前做準備。

要是能順利延長保存期限，成功和二胡在一起，榮打算邀他去旅行。為了不輸給熟男老闆，榮打算約二胡來趟充滿大人味的祕境溫泉之旅，還想帥氣地說「費用我出」，所以才會去打工。他一方面警告自己別太得意忘形，一方面又期待著和二胡的關係真有進展。因為他們接吻了。

——真的好軟。

榮回憶起那股觸感，露出得意神情，這時二胡家就出現在家鄉那令人懷念的山巒後方。榮將腳踏車騎進鄉下特有的廣闊庭院中。

時值盂蘭盆節，二胡公司放假，榮配合他的時間一同回老家。放假時每天都能見

面，榮感到很開心，但鄉下走到哪都有一雙雙宛如超強監視器的眼睛，沒辦法做太大膽的事。都市和鄉下各有好壞，沒有任何地方是完美的。

「二胡。」

榮扯開嗓門，在院子裡散步的雞一同衝來，接連對榮使出飛踢。就在榮四處逃竄時，二胡從主屋走了出來。

「不准啄客人，不然我現在就把你們宰來吃喔。」

二胡熟練地用腳將雞趕走。他在鄉下出生長大，知道怎麼應付活生生的雞，榮是高中才搬來的都市人，不像他那麼有經驗。

「二胡，這是我們家的西瓜。雖然賣相不佳，但很甜喔。」

「噢，謝謝。我拿進去切。」

榮在緣廊等了一會，二胡拿著切好的西瓜走出來。此外還有很多食物。二胡奶奶用米糠醃的秋葵、瓜類和茄子，包著小黃瓜、蛋、番茄和鮪魚的夏日開胃飯糰，還有毛豆。不像點心，反倒像正餐。然而搭配的飲料卻是可樂，令榮忍俊不禁。

「好好吃，鄉下的飯怎麼會這麼好吃？」

「我也覺得。搬到東京後，最先嚇到我的就是那裡的食物難吃，水也難喝。」

「花點錢或許能吃到不錯的料理，但大學生沒這個能力。」

「我滿喜歡速食的，不過天天吃還是會想念味噌湯的味道。」

兩人坐在緣廊，聊著在東京生活常遇到的狀況。獨自生活有快樂也有辛苦之處，不過有個好處是能夠明白父母的辛勞。

望著這片和都市不同的遼闊景色，頭腦逐漸放鬆。那些在院子裡散步的雞雖然可愛，卻是養來吃的，電圍網另一頭的廣大菜園中，可以遠遠看見二胡祖父母正在務農。蟬鳴聲不絕於耳，感覺卻十分寧靜，心胸彷彿花朵般敞開。

「還是老家好。」

榮將手撐在身後，仰望蔚藍的天空說完，二胡轉頭望向他。

「你大學畢業後要回來嗎？」

「不。」

他毫不猶豫地回答。

「我在這裡沒辦法生存。」

不是因為沒有工作機會，也不是討厭鄉下，而是身為同志的自己無法在這裡生存。不是不回來，而是回不來。返鄉打從一開始就不在選項內。

「嗯，也對。我也是。」

「我們不會娶老婆和生小孩，待在老家只會越來越無地自容。不過你已經出櫃，可能沒有這方面的壓力。」

這時正門外有人喚道：「二胡。」

「喔，是真人。來緣廊這邊！」

二胡喊完，一名高中生年紀的少年走來。

「二胡，抱歉突然來找你。聽說你們晚上要烤肉，我拿肉來分你們。」

真人舉起一包肉面帶微笑說完，瞄了榮一眼。

「真人是第一次見到他吧？他是我高中同學，榮。榮，他是真人。」

「你就是以前對二胡伸出狼爪的那個國中生啊。」

榮說完，真人嚇得停下腳步。二胡很善良，對以前的事既往不咎，但榮不一樣。這傢伙奪走了二胡的初吻。當時村子裡還流傳著二胡襲擊他之類有違事實的傳聞，讓二胡過得很痛苦。

「呃，那我先走了。」

「你難得來，就留下來跟我們一起烤肉嘛。」

「不用了，我只是來送肉的。」

真人將肉交給二胡後就逃之夭夭。見他走了之後，二胡瞥向榮。

「你未免太不成熟了吧？」

榮聞言深深皺眉。

「他對你做過那種事，我為什麼還要笑著面對他？正因為我重視你，所以有些事無論如何都無法原諒。沒必要連這種事都成熟以對。」

儘管榮正在追求二胡，有些事仍無法妥協。

「你一點都沒變。」

二胡面露苦笑。

「反正我這個人就是沒長大啦。」

「我不是那個意思。還記得我跟真人的流言傳開時，面對村裡那些阿姨的指責，你真的好替我生氣。還說『明明不關我的事，我卻感同身受地一肚子火』。」

「那當然。不管是朋友還是戀人，你對我來說都是重要的人。」

「……嗯，謝謝。」

二胡露出布團般的柔和笑容。

「不必為這種事道謝。」

「可是我久違地想起一件事。」

「什麼事？」

「正因為有你，我才能撐到現在。」

「我也一樣。」

然而二胡卻搖了搖頭說：「不一樣。」

「你不但是我喜歡的人，還是我的救命恩人。如果身邊沒有你，我真的、真的撐不下去。」

二胡忽然一臉認真地說。

「我們今後會如何呢？」

他望向遠方的夏日風景。

「從國二以來，今年是我們認識第六年。再過六年我們都二十六了。」

「都變大叔了。」兩人皺眉互看。和二胡剛認識時，兩人都是孩子。現在介於小孩和大人中間，再過六年會如何呢？真希望現在的心意能得到回報，和二胡兩情相悅地在一起——

「真想變得幸福。」

二胡喃喃低語。

「還以為去了東京就能每天過得自由又快樂，實際上並非如此。雖未過得不幸，但這樣的生活讓我明白不管到哪都有辛苦的事。」

二胡對著無邊無際的廣闊天空深深嘆氣。

「你有什麼煩惱嗎？」

榮問完，二胡皺著眉思索了一下。

「稱不上煩惱，只是工作上有點事。」

「嗯。」

「覺得如果能做些自己更有興趣的事就好了。」

「興趣啊……」

「這好像是個奢侈的想法。」

「做自己喜歡的工作是奢侈的事嗎？」

「應該吧。對已出社會的人來說，這是最奢侈的了。」

二胡就此陷入沉默。身為大學生的榮還不太理解這個煩惱，但他至少知道「我來讓你幸福」這種話是無用的安慰。

「二胡，我們去走走吧。」

「去哪裡？」

「隨便走走。」

榮抓起二胡的手，拉著他站起來。

兩人各自騎上腳踏車，穿越熟悉的鄉間小徑。這裡的人口比率不如都市，面積卻比都市大得多。眼前盡是樹木的綠與天空的藍。

無論騎再久，眼前景色都沒有太大變化，只能憑著踩踏板流下的汗水猜測距離。到頭來，也只能憑感覺推估究竟騎了多遠，隨著年紀增長，很多事越來越無法像童年時那樣得到明確的答案。

他們來到縱貫這個地區的河流，沿著河堤騎了一會，騎在榮身邊的二胡逐漸減速，停了下來。榮遲了一些也停下來回過頭。

「二胡？」

二胡跨坐在腳踏車上，指著草叢說：「那裡。」

「我想起來了，就丟在那裡。」

「丟什麼？」

「球鞋。」

榮聽不懂。

「原本要送你當生日禮物那雙。」

「……啊。」

榮想起二胡東京家中那雙球鞋。

「我本來想在高中畢業那天向你告白。我知道你喜歡遠藤，我八成會被拒絕，內心幾乎不抱任何希望，但還是想將心意傳達給你。就算因此當不成朋友，反正也已經要畢業了。」

「咦，這麼簡單就能割捨掉我？」

「一點都不簡單。」

二胡的語氣不帶半點玩笑。

「我暗戀你好久，一直覺得很痛苦，所以才打算死心。不過在我開口前，你就說你和遠藤在一起，我連告白都沒辦法。」

二胡臉上浮現苦笑說：「很多事就這樣無疾而終。」

「我心想那有可能是我最後一次為你過生日，所以想送你一些能夠保存的禮物。那天我穿著新衣服意氣風發地出門，後來發生了很多事，沒能將禮物送出去，回程時就站在這裡將球鞋扔向那邊的草叢。」

為什麼沒送出去？這種事問都不用問。

那天二胡赴約時渾身是泥。他剛被那個色狼國中生襲擊，又發現自己準備的球鞋和遠藤送的一樣，肯定失望透頂。然而他完全沒表現出來，從頭到尾都面帶笑容。榮想不起那天他們聊了什麼。二胡表現得就是這麼正常。

「我大叫『榮這個王八蛋！』把球鞋扔向那裡。」

榮望著二胡指的草叢。草在風的吹拂下發出沙沙聲。

「原本想將球鞋扔在那裡，卻又捨不得，沒多久就跑回來撿。起初一直找不到，好不容易找到時安心到哭出來。明明是我自己扔的。」

二胡想拋棄的或許不是球鞋，而是自己的心意。喜歡卻無法在一起，既然只會感到痛苦，乾脆丟掉算了。榮完全了解他的心情，了解到胸口隱隱作痛。如果時間能倒流，榮真想狠揍那天的自己一頓。

「我真傻。」

二胡望著遠方微笑。榮身為他的多年好友，自認是最了解他的人。事實上這個想法既正確，又不正確。

二胡有什麼他知道的地方，又有什麼他不知道的地方呢？

今天，昨天，一週前，一個月前，一年前。榮依序將記憶倒轉回去，兩人的回憶實在太多，花了番工夫才倒回國二剛認識的時候。笑著的二胡，哭泣的二胡。將醃菜石綁在腳上準備自殺，令榮感到新穎的二胡。

「怎麼了？」

二胡歪起頭望著榮。如今的他比記憶中更加成熟，使榮心裡酸酸的。自己至今究竟錯過了多少不同面貌的二胡呢？

「我說了奇怪的話惹你生氣了嗎？」

榮搖搖頭。不是的，不是的。

他感覺自己像是犯了什麼無可挽回的大錯，不由自主下了腳踏車，急得連腳柱都沒立，手一鬆，車子砰然倒下。接著直挺挺站在河堤上，雙手圍在嘴巴旁邊，深吸一口氣。

「二胡！對不起！」

他朝著草叢大喊。二胡見狀目瞪口呆。喊了好幾次之後，二胡才拉著他的衣服說：

「別這樣，很丟臉。」

「你幹嘛突然大叫？」

「我在向你道歉。」

「為什麼是面向那裡？」

「我在向高中時獨自在草叢中哭泣的你道歉。」

榮總覺得高中時的二胡就藏身在這一如既往的鄉村風景中。明明不可能有這種事。

現在的二胡怔怔地望著傻子般的榮。

「什麼嘛。」

二胡閉緊雙唇，像在忍耐什麼。他的鼻頭逐漸泛紅，最後不由得低下頭。

「……抱歉。」

「我才抱歉，惹哭你了。」

二胡聞言抬起頭。榮用拇指輕抹他沾著淚水而低垂的睫毛，這時二胡忽然牽起榮的手，不發一語地走向河堤下坡。

「二胡？」

榮任由頭也不回的二胡拉著走。兩人一步步走進盛夏的高高草叢中。走到離步道有段距離的地方，二胡才停下腳步回過頭。

「二胡。」

就在榮喊出這兩個字的同時，二胡向前靠近一步。

下個瞬間，兩人嘴唇相貼。

榮驚訝萬分，但仍毫不猶豫地抱住他。

真希望高中生二胡能透過草叢縫隙看見這一幕。

二胡第一次主動吻我。二胡第一次主動吻我。二胡第一次主動——

「一副色瞇瞇的樣子。」

榮突然被人搭話，嚇得往旁邊一看竟是遠藤，使他二度驚嚇。

「我剛剛在月臺時就在你旁邊了，你竟然完全沒注意到。」

遠藤冷眼望著他，他只好傻笑回道「好久不見」。在稍嫌擁擠的假日電車內，前男友就坐在自己旁邊，他卻沒發現，真是尷尬。

「看你一臉色瞇瞇，正準備去約會嗎？」

「不，只是自己出去買東西。」

遠藤露出懷疑的眼神，說著「是嗎……」並翹起修長的雙腿。

榮剛才雖然有點想入非非，但他真的是要獨自去買東西。最近假日他大多和二胡在一起，不過二胡今天有事。難得一個人的假日，他打算去看看之前就在考慮要送二胡的戒指。

被宣告過期還想送戒指，會不會太心急？可是二胡第一次主動吻了他，他還是該為即將到來的那一天做準備吧？畢竟二胡第一次主動吻了他，二胡第一次主動——

「看吧，果然一副色瞇瞇的樣子。」

聽見遠藤再度吐槽，榮才回神。不行，太興奮了，稍微冷靜一點。買戒指前應該先聽聽二胡對告白的答覆才對。他應該會答應。不如就在他答應那一刻送上戒指吧？不，這樣太心急了，要是被二胡責備說別得意忘形怎麼辦？榮就這樣左思右想——

「看樣子你們還沒交往吧？」

遠藤訕笑著一語道破，令榮嚇了一跳。

「你在喜歡的人面前總是傻乎乎的。以前我明明一直釋出喜歡你的訊號，你都沒注意到，在一起之後對很多事也都後知後覺。」

前男友這番話有憑有據，確實戳中榮的痛點。遠藤繼續挑榮的毛病，說他當時如何如何，榮只能頻頻點頭。

「對了，我之前在二丁目的酒吧看到二胡。」

「喔，那裡有間他常去的店。」

遠藤露出別有深意的笑容。

「不是那間，是另一間。還跟那個圈子小有名氣的男人在一起。」

「誰？」

「你知道『戀愛節奏』這間同志色情片公司嗎？」

當然知道，就是那部大開M字腿DVD的製作公司。

「我看到二胡和那間公司的副社長兼導演在一起。」

「真特別的朋友。」

「你這麼冷靜好嗎？那個大叔拚命說服他，說會給他很好的報酬喔。」

「什麼報酬？」

「AV導演說要給年輕男人報酬，還能是什麼？」

「演出費？」

「Oh, yes.」

遠藤模仿外國人點頭應道，榮的腦袋瞬間一片空白。

「他推託說『很害羞』、『要是被同事或同鄉看到就糟了』，但好像滿有意願的。

看樣子應該會被說服吧。」

這時站名廣播響起，遠藤說著「啊，我要在這下車」便站起身。

「再見，榮。」

「嗯。」

「你沒有什麼話要對我說嗎？」

突然被這麼一問，榮有些不知所措。

「很高興看到你過得還不錯。」

榮連忙回應，遠藤狠狠皺起眉頭，揮手說「你也是」。電車離站，眼見窗外的遠藤身影越來越小，現實硬生生湧進榮腦內。

二胡不可能會去演同志色情片。不過他一直對現在的工作不太滿意。也許會為了追求成就感，轉職當色情片男演員……怎麼可能？跳太快了吧？

不過二胡一旦下定決心，就會奮不顧身去做。無論是醃菜石自殺未遂事件也好，冒著留下前科的風險在警察面前逃跑也好，他有時確實會做出令人瞠目結舌的事。榮惶惶不安地拿出手機。

他在下一站下車，在月臺上打電話給二胡。

『喂？榮，怎麼了？』

電話立刻接通，令他鬆了口氣。

『二胡，我今天想跟你見面。』

『抱歉，我今天有事，不確定什麼時候結束。』

『多晚都沒關係。』

『……呃，這樣的話……』

二胡身後傳來許多人的聲音，榮豎耳聆聽。他似乎不在街上，而在室內。正當榮試圖找出端倪時，就聽見低沉的男性嗓音說了聲「好」。

『準備就緒。妮可，我們來拍攝吧。』

『啊，抱歉，榮，我待會再打給你。』

『等一下，拍攝什麼？你現在在——』

然而二胡卻在這時掛斷電話。榮重撥了一次，但他沒接。榮剛剛確實聽見「拍攝」兩個字。拍攝什麼？該不會真的是同志色情片吧？榮不寒而慄。

必須阻止二胡。可是要怎麼阻止？二胡在哪裡？不知道人在哪裡，根本沒辦法救。一陣焦急中，榮忽然想起那個男人稱呼他「妮可」。對了，遠藤說和二胡見面的導演在二丁目小有名氣。那麼——

榮打開錢包，從亂塞的收據中找出酒吧名片。那是上次去二胡的愛店時，老闆給他的。他撥打名片上的手機號碼，響了幾聲後老闆接起電話。

『喂？不好意思在您休息時打擾。我叫一色，前些日子去過店裡。』

『噢，一色先生，謝謝您的光顧。』

『我有事想請教。』

『什麼事呢？』

『請問您知道「戀愛節奏」副社長的聯絡方式嗎？』

『染谷先生我認識。不過未經本人許可，沒辦法告訴您聯絡方式……下次染谷先生來店裡時，我再聯絡您吧。屆時歡迎您過來，我為您介紹。』

說得也是。老闆還不經意推銷了一下自己的店。

『呃，那您知道「戀愛節奏」的拍攝地點嗎？』

『他們的拍攝地點應該不只一處。若是事務所地址，官網上有。』

對了，去他們的事務所或許能知道什麼。

『謝謝。我下次會再和二胡一起過去。』

『咦？啊，是王子嗎？』

他怎麼現在才發現？只聽到「一色」這個姓氏，確實有可能不知道是誰。但老闆卻沒露出破綻，將榮當作一般客人自然地對話，還順便推銷自己的店，經營酒水生意的人真可怕。

『王子想見染谷先生……啊，難道是因為妮可那份工作嗎？』

『那份工作？老闆知道些什麼嗎？』

『是啊，把妮可介紹給染谷先生的就是我。』

榮瞬間火冒三丈。

『混帳！萬一二胡出什麼事，我會殺了你！』

『咦，等等，王子？』

他怒氣沖沖掛斷電話，邊衝向計程車招呼站，邊用手機打開「戀愛節奏」的網站。

接著搭上一輛排班中的計程車，將手機畫面出示給司機。

「請開到這個地址。快一點！」

司機連聲答應，轉頭看到畫面卻愣住了。糟糕，首頁上放著一張張男男裸體激烈交纏的DVD封面，但是榮現在管不了那麼多。他放棄似地連連大喊：「快點！」

十分鐘後，榮來到一處平凡的商辦大樓。抬頭一看，三樓掛著「LR企劃」的招牌，應該是「戀愛節奏（Love Rhythm）」的簡稱。

一樓是運動用品店，榮先進去那間店。色情片製作公司屬於一般所謂的地下經濟。背後說不定有黑道撐腰，連攝影人員也是黑道分子。想從中救出二胡必須武裝自己，因此榮買了最便宜的金屬球棒。但不確定二胡是否在這裡。

——就算能救出二胡，我的人生也高機率會完蛋。

他可能會因傷害罪被捕↓入獄↓出獄後慘遭黑道報復。另一種可能是突襲不成，反被修理，被包成一團扔進東京灣。榮的雙腳顫抖起來，老實說他很想掉頭離去，但他不能逃。無論自己下場如何，都要救出二胡。

——不行，這不是榮的！是我的！

當時二胡不也為榮賭上自己的人生嗎？榮握緊金屬球棒，來到貼有「LR企劃」

牌子的事務所門前，用力踹開那扇門。

「喝啊——！你們這些混蛋，把二胡還來！」

榮大吼著衝進去，一邊揮舞金屬球棒，一邊吼道「二胡在哪裡？我要把你們全部殺光！」由於遲遲未遭到反擊，榮逐漸回神。

「……………嗯？」

他環顧四周，只見男女工作人員縮在一起，望著自己。他們個個嚇得表情僵硬，臉色慘白地不停發抖。奇怪？黑道呢？

「……快點報警。」

有人低聲說完，另一名工作人員拿出手機。竟然要報警？這是誤會一場。然而榮也緊張到極點，全身僵住沒辦法動。

「請等一下！他是我朋友！」

此時大喊的人是二胡。

「……二胡？」

「你在幹嘛？幹嘛拿著球棒？」

「……我是來救你的。」

「救我？」

「話說二胡，你怎麼會穿成這樣？」

榮疑惑地說完，二胡回過神來抱住自己的身體，想把自己藏起來。

他從未見過這樣的二胡。二胡頂著一個刺蝟頭，身穿會反光的皮革外套，配上黑色緊身褲、龐克風的綁帶厚底皮靴。皮帶上掛著好幾條細銀鍊，此外還戴著洋娃娃般的彩色隱形眼鏡，甚至化了妝。

「你要組樂團嗎？」

榮愣愣地問，二胡難為情到連耳朵都紅了。

多虧二胡為榮說話，事務所的人才沒有報警。晚上兩人平安回到二胡家，時間來到現在——

「我幹嘛去演同志色情片？」

二胡當然大發雷霆，榮則跪下來拚命道歉。

那場鬧劇結束後，榮聽說了整件事的來龍去脈。原以為二胡要拍同志色情片，但其實是「戀愛節奏」副社長的朋友成立男性服飾網路商店，請二胡來當模特兒。拍攝日就在今天。

「對不起，都是我不好。可是你若事前跟我說一聲要當服裝模特兒，我也不會產生這種愚蠢的誤會……」

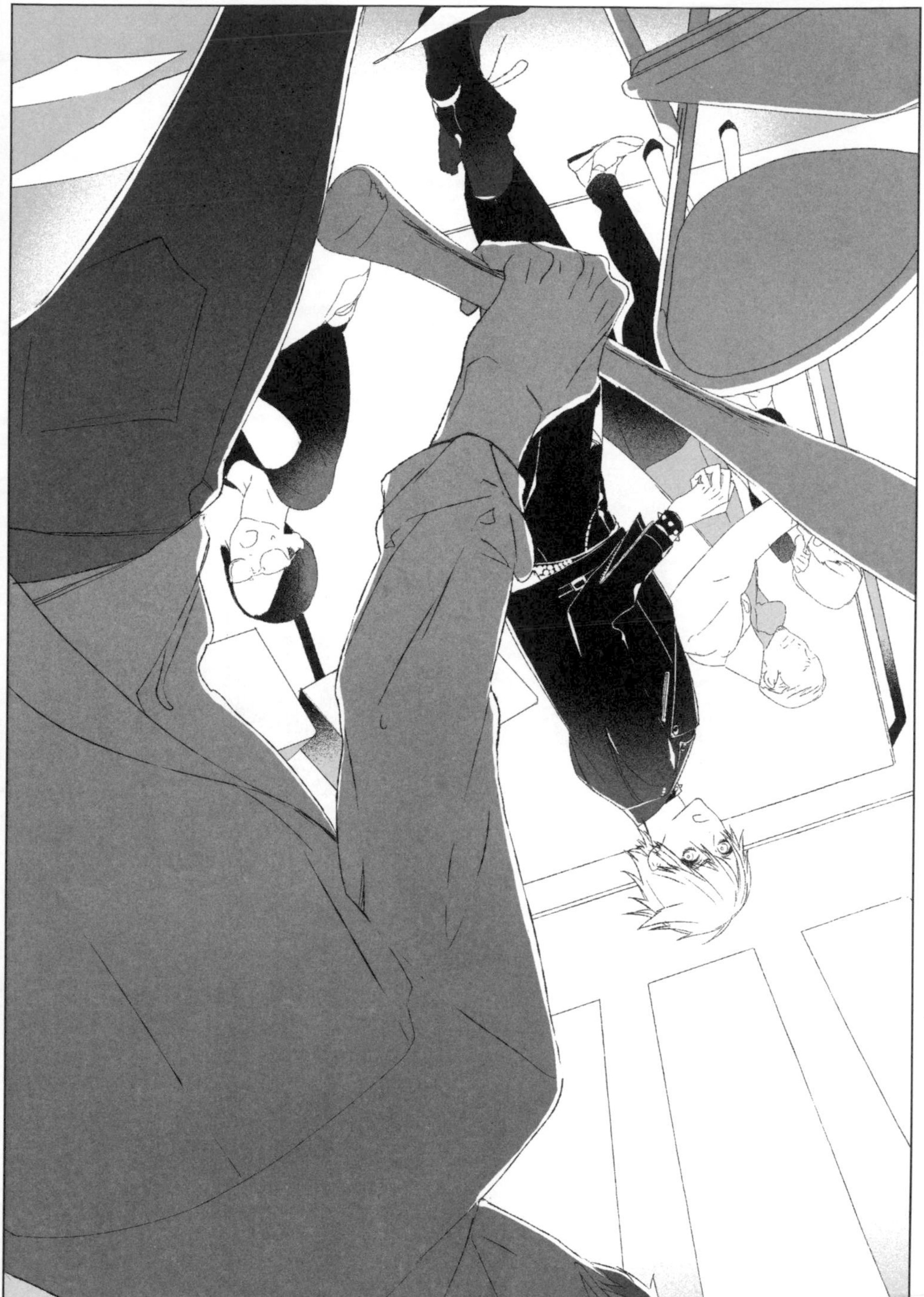

榮支支吾吾地為自己辯解，二胡默默從包包中拿出一個L夾遞給榮。裡頭夾著幾張服飾樣品照，每張都搭配著短短的文案，像是「今夜將在黑薔薇床褥邀你上天堂」、「身為墮天使的我散發黑光降臨」、「我的穿搭堪稱神級」。

「這是什麼？《MEN'S KNUCKLE》[5]的文案？」

「邀我當模特兒那間公司，想以這種方式宣傳視覺系服裝。」

——嗚哇，好土。

榮的心聲差點就浮現在臉上，連忙忍住。

「是喔？不錯耶。」

他硬擠出笑容，但二胡仍不悅地皺起眉頭。

「不必撒謊。看到我穿視覺系服裝，擺出耍帥姿勢的照片，旁邊還寫著『墮天使降臨』、『我的穿搭堪稱神級』之類的文案，你會作何感想？」

——應該會笑到腹肌斷掉。

他的心聲再一次被二胡看透。

「所以我才不敢跟你說，也叫老闆別說出去。」

榮被二胡打頭，深切反省。之後也得親自向老闆道歉。

「我原本也想拒絕，但這畢竟是老闆介紹的工作，他那麼照顧我。」

5 日本男性時尚雜誌，以別具特色的文案聞名。

二胡嘟嘟囔囔地抱怨，榮連忙說些好話。

「可是你很適合這風格啊，戴著皮手套比出搖滾手勢之類的。」

「我聽了才不會高興。」

榮的頭又被打一下。

「你用常識想想。我從國中以來就只喜歡你一個人，事到如今怎麼會去拍色情DVD，在那裡完成初體驗？」

二胡氣得別過臉。冷靜想想確實如此，但榮當時就是無法冷靜。他滿腦子只想著要救二胡。

「而且你還把那裡當成黑道事務所，拿著金屬球棒衝進去，你是傻子嗎？就算是真的好了，你有沒有想過會有什麼下場？」

「我想了很多。比方說有可能反被黑道修理，扔進海裡。就算突襲成功，也可能因為傷害罪被捕入獄，出獄後遭到黑道報復。」

「那為什麼還要做？」

「沒辦法，都是為了救你。」

二胡目瞪口呆。

「榮，你真的是傻子嗎？」

「你自己也冒著留下前科的風險，從警察面前逃離，沒資格說我。」

榮回嘴完，二胡忽然狠狠皺起眉頭。

「……怎麼了？」

只見二胡眉頭一鬆。

「……榮這個大笨蛋。」

說著便露出泫然欲泣的表情。

「……你每到重要時刻總是能說出打動我的話，真的好狡猾。」

二胡的臉頰、耳朵和指尖都微微泛紅。快哭出來的樣子無比可愛。榮慢慢靠過去，探頭望著眼眶含淚的他。

「可以吻你嗎？」

「要是我說不行呢？」

「我還是會吻。」

榮將手扶在二胡淚溼的臉頰，輕吻他的唇，並用另一隻手撐住他的身體，就著這個辛苦的姿勢吻了他好幾次後，二胡喃喃說道：「怎麼辦？」

「……我還是好喜歡你。」

聽見他努力擠出的告白，榮開心到喘不過氣。

「我也是，我也喜歡二胡。好喜歡、好喜歡，超級喜歡。」

榮摟住仍舊有些想逃的二胡，二胡這才怯怯地將手環上榮的背。

兩人凝視彼此，將臉互相靠近。

嘴唇交疊後，四周突然變得一片寂靜，能夠清楚聽見彼此的呼吸聲。每次親吻，榮全身的血液流速就變得更快，而且越發炙熱。

榮拚命忍耐，但手還是不由自主地探向二胡的腰間。他告誡自己，喂，住手。好不容易心意相通，要是嚇到二胡怎麼辦？

——等了這麼久，就再等一下吧。

——等了這麼久，多一分都等不了。

兩個人格在榮心中激烈爭辯。與此同時兩人仍吻著彼此，儘管榮什麼話都沒說，下半身卻開始主張自己的存在，這時二胡嘟囔了一句。

「……你不必忍耐。」

二胡害羞的低語，使榮腦袋的螺絲瞬間噴飛。

兩人來到床邊，二胡將手伸向床頭板上的夾燈。啪的一聲，房間立刻變暗。

「為什麼要關燈？」

「因為害羞啊。」

二胡說得理直氣壯，令榮有些不悅。

「可是這樣太暗了吧？什麼都看不見。」

榮伸手想開燈，卻遭到阻止。

「正因為不想給你看，所以才關燈。」

「這樣根本伸手不見五指。」

雙方攻防了一陣子，榮擔心會破壞氣氛，才不甘願地放棄。二胡畢竟是第一次，他得盡量讓二胡放鬆下來。

——對了，我是二胡第一個男人。

榮再次意識到這件事，血液直衝腦門，興奮到鼻息紊亂。不行，不能急。他邊從二胡的頸項吻至胸前，邊將身體慢慢往下移。

在一片漆黑中摸索著脫掉衣物後，將臉靠向二胡中心起反應的部位。舌尖碰到脹大的前端，二胡顫抖了一下。

「呃，榮……」

榮含著前端縮起口腔，頭頂上方隨即傳來短促的哀號。

他用舌頭纏繞敏感的部位，感覺到二胡的手逐漸放鬆力氣。

任何男人都無法抵抗這種舒服的感覺。

一邊用嘴服務，分散二胡的注意力，一邊悄悄將手繞至他身後。手指伸進那個已用唾液濡溼的地方，那裡從未接受過任何人，十分狹窄，緊緊吸附住榮的手指。

「……榮，不、不太舒服。」

榮明白。那裡本來就不是用來進入的地方。他謹慎試探，以免弄痛二胡，直到對方習慣後才增加手指。二胡嚇得繃緊身體。

「抱歉，忍耐一下。」

他從內側輕觸性器後方的部位，二胡呼了口氣。榮心想應該就是那裡，便不斷給予刺激，二胡的喘息聲逐漸變得興奮。

「……那邊、感覺怪怪的。」

「會痛嗎？」

「不會……咿、啊。」

榮加重刺激，二胡甜膩地叫了起來。這反應不錯。二胡的喘息隨著手指的動作變得甜蜜而綿長。見他放鬆下來，榮伸入第三根手指，二胡不耐地扭腰。

「有點難受……」

好像還是太刺激了。為了緩解壓迫感，榮加強對於性器的愛撫。他從根部往上舔舐，含著手指的部位隨即縮起。

「……不要、再那樣……」

二胡嘴上這麼說，內部卻越發柔軟，貪婪地吸附手指，彷彿在告訴榮那裡被碰很舒服。見到他誠實的反應，榮的下半身也快達到極限。這樣下去在進入正戲前就會先爆發。

榮起身打開夾燈，二胡「哇」地驚呼了聲。

「笨、笨蛋，不要突然開燈。」

二胡抓起被子裹住自己，只露出一顆頭。

——好像螺旋麵包。

「你在幹嘛？這樣就沒辦法做了啊。」

「你先把燈關掉。」

拚命拒絕的羞澀模樣，讓榮內心越發焦躁難耐。

「初體驗一生只有一次，你卻完全不讓我看你的可愛模樣。這樣太過分了吧？拜託，算我求你了，好嗎？好嗎？」

「……可是……」

「我盡量不看。」

「騙人，你明明就會看。」

「當然會看，這值得紀念一輩子。」

「到底要看還是不看？」

榮邊哄邊推倒二胡，扒開他身上那團捲成螺旋麵包的被子。「可以吧？」榮不斷啾啾親吻他，他才死心沒再提關燈的事。榮緩緩分開二胡的雙腿。

「……要開始囉？」

榮知會他一聲，他點點頭。榮告訴自己別急，別急。正準備繼續動作時，二胡突然驚訝地坐起身。

「等一下，那是什麼？」

二胡目光緊盯榮的雙腿之間。還能是什麼——

「太大了吧？」

見對方僵著臉問，榮也低頭望向自己的下半身。雖然比平均尺寸大一些，但沒有大到太誇張。他覺得整體而言滿不錯的。

「別擔心，沒問題的。」

榮自信滿滿地點頭，二胡卻拚命搖頭。

「有沒有問題應該是我說了算吧？這個沒辦法啦。」

「你是因為第一次才這麼想。別擔心，交給我。」

「不行，絕對進不來。」

「現在才這麼說，我已經撐不住了。」

榮推倒二胡，將快爆發的昂揚抵在對方身後。

「不行、不行，沒辦法、沒辦法。」

「可以，一定可以，試一下就好。」

「什麼叫試一下？嗯、等……」

榮用親吻安撫他，慢慢挺腰，然而還是進不去。

「稍微放鬆點。」

「你叫我怎麼放鬆……」

二胡一副快哭出來的樣子，全身緊繃。強行進去可能會害他受傷。男性不像女性會自然溼潤，目前的潤滑程度也不足以進入。

「……好吧，那我弄小一點。」

「弄小？」

榮抱住一頭霧水的二胡，抵著他的身後，開始挺動腰桿。

「榮？你在做什麼……？」

「先解放一次。」

緊密貼合的腰部搖晃起來，體液滲出發出溼滑的聲音。

「嗚哇……糟糕，光是這樣就好舒服。」

榮忍不住說出心聲。

「嗯、啊、怎麼……」

二胡輕叫出聲。體液發揮潤滑劑的效果，讓緊閉的部位逐漸鬆開。感覺似乎能直接進去——

「我會幫你潤滑的，可以解放在裡面嗎？」

「潤、潤滑？」

榮抱住莫名其妙的二胡，讓脹大的前端稍微擠入。全身的血液一同衝向下半身，釋放的快感使大腦沸騰。

「等、好像有東西進……」

「……抱歉，太舒服了。」

榮喘得像大熱天的狗一樣。眼前的狀況看似不戰而敗，不過那裡總算變得比剛才小了些，與前端結合的部位和裡面也得到充分潤滑。

「我繼續囉。」

「咦？」

榮緩緩挺進，二胡嚇得退開下半身。稍微進入的前端因而滑出。

「不要動，這樣我進不去。」

「就、就跟你說沒辦法。」

「我已經解放過一次，比剛剛小。」

「可、可是，還是有點……」

「裡面也潤滑過了。」

榮原想將氣氛營造得浪漫些，但已經進行到這一步，怎能停下來？他抱住尚未做好心理準備的二胡，半強迫地向前挺進。

「等、等等，哇、哇，進、進來了……」

狹窄的部位一點點擴張，將前端完全含住。

「會痛嗎？」

二胡咬著牙搖了搖頭。裡頭已充分擴張，應該沒問題，但榮並未勉強他，而是配合他的呼吸逐步進入。全部進去後，榮鬆了口氣，二胡也戰戰兢兢睜開緊閉的雙眼。

「還好嗎？」

「……嗯，只是有點難受。」

二胡像是終於放下心來，露出靦腆笑容。

「……榮，我愛你。」

說著將手環上榮的背，給了榮的心臟和下半身一記重擊。兩人唇舌交纏，過程中二胡的呼吸逐漸變熱，結合的部位也變得柔軟。榮像要將體液抹開般扭動腰部，二胡不由得屏住呼吸。

「難受嗎？」

「沒關係。」

「可以稍微動一下嗎？」

「……嗯。」

榮將下半身慢慢退開後，再次進到深處。

——哇，舒服到不行。

二胡內部擠壓著他，若不拚命忍耐可能會失控。就在他自我克制時，忽然發現碰到某個地方會讓二胡皺起眉頭。

「這裡舒服嗎？」

他朝同一個地方挺動，每次二胡都會難耐地扭動纖細腰肢。前端滲出蜜液滴落下來，顯示出二胡也很有感覺。

「……榮，感覺怪怪的。」

榮不斷刺激那裡，二胡不情願地想將身子扭開。

「舒服嗎？」

「不、不知道……可是，感覺好像要……」

二胡忽然全身繃緊。榮感覺到彼此貼合的腹部間濺出灼熱液體。就在二胡顫抖著攀至頂點之時，榮仍緩緩進出。

「不行，還……不准動……」

「不舒服嗎？」

「不、不是……是太舒服……」

這句話讓榮的自制力瞬間瓦解。他將二胡試圖推開自己的雙手一併抓起，按在頭頂上方，恣意肆虐對方柔軟的內部。

「啊、榮……你在裡面又變大……」

釋放後有些疲軟的部位完全復活。方才注入的液體變成潤滑劑，隨著不知不覺變得越發激烈的動作發出淫靡聲響。

「不、不行，榮，我不行了……」

二胡含淚呻吟，榮對著他的臉一陣猛親。

「二胡，天啊，你超可愛的，好舒服。」

榮撐起身體，扣住二胡兩邊膝窩，將他壓在身下。兩人因而結合得更深。榮舒服到腦袋昏沉，不過他才剛解放過，還能再撐一會。

「榮、我、真的要、不行了、不行了……」

儘管這麼說，二胡內部卻緊緊絞著榮，像在要求他繼續。

榮有耐心地刺激那個誠實的部位。二胡全身癱軟，任由榮予取予求，眼看就要攀上二次高峰。榮知道沒必要忍耐，便在同一時間釋放熱度，並在最強烈的快感中親吻喘不過氣的二胡。

「怎麼辦？幸福得快要死掉了。」

榮呼吸急促地低語，二胡將手環上他的背。

「……那就再抱緊一點。」

這無比可愛的請求三度點燃了榮的火種。

〈After four years〉

「二胡，爺爺奶奶真的只要這些禮物就好嗎？」

榮詢問正在打包返鄉行李的二胡。行李箱中放著大量的寫真集和ＤＶＤ，封面上全是同一位猶如國民偶像的花式滑冰選手。

「嗯，奶奶在電視上看到比賽後成了他的粉絲，說他身材纖細、長得又很可愛，不過一到賽場上就變得很勇猛。爺爺跟著一起看，也成了粉絲。兩個人都很迷他，還說真希望有個這樣的孫子。」

「身為親孫子的你呢？」

「完全沒被放在眼裡。」

二胡笑著關上行李箱。

「差不多該出門搭新幹線了。沒忘記東西吧？」

「沒有。你自己才忘了最重要的東西。」

二胡指了指桌上的新幹線車票，榮喊著「糟糕」連忙收進錢包。二胡傻眼地說「真拿你沒辦法」，兩人一同走出家門。

和榮開始交往後過了四年。

兩人身處的環境都改變很多。

二胡不甘願地接下模特兒工作後，受到那間服飾公司挖角，心一橫就辭掉當時的工作。儘管薪水變少，但在剛成立的公司打拚很有成就感。業績的起伏牽動所有員工的心，到了第三年收入總算穩定下來，今年員工拿到不少紅利。

榮兩年前從大學畢業，進入知名機械公司工作。他找到工作的同時便提議同居，二胡二話不說地答應了。

他們國中認識，高中重逢，當了三年朋友、四年戀人，從兩年前起以伴侶身分共同生活。不知不覺間已有種老夫夫的味道。

「返鄉的快樂就從這一刻開始。」

新幹線一發車，兩人便打開燒賣便當，舉起罐裝啤酒乾杯，互相慰勞「今年辛苦了」，這已成為他們近年的慣例。

吃完便當後，微醺的榮靠在二胡肩上打盹，也是慣例。窗外風景逐漸被雪覆蓋，一會之後便聽到家鄉的站名廣播。從這裡轉乘當地電車還要一個半小時才能到家。

他們在老家的關係依舊是朋友。榮的母親三年前再婚，榮多了個同母異父的妹妹。榮顧慮到這點而沒辦法出櫃。畢竟在「這裡」生活的不是他們，而是他們的家人。

「哇，好冷。這裡的空氣和東京不同，風好刺人。」

月臺颳起刺骨寒風，榮和二胡趕緊將下巴縮進圍巾中。這股沁人心脾的強烈寒意，讓他們深刻感受到已回到老家。

「以前明明穿著制服、圍條圍巾就能騎上腳踏車。」

「看來我們不知不覺也成了東京人。」

兩人已在東京生根，雖然不是沒有煩惱，但仍過著平凡而幸福的每一天。他們愛著自己出生長大的土地，然而無法在此生活。這個事實教人傷心，不過不要緊。無論在哪裡，只要和榮在一起——

「榮，你待會有什麼打算？」

「先去向你家人問好，再回自己家。」

榮理所當然地說。已婚男女通常會去對方家問候，他們倆無法比照辦理。不過，榮每次返鄉時都會來二胡家打招呼。雖然是以朋友身分，但二胡的家人應該多少有察覺到。

近四年的盂蘭盆節和新年，這個男人都會和自家孫子一同出現，送上東京名產再離開，他究竟是二胡什麼人？二胡的家人並沒有那麼遲鈍。不過雙方都不會問出、說出關鍵性話語，僅僅互相問候而已。

——謝謝你總是照顧二胡。

——我才受他照顧。明年也請多關照。

——好的、好的，請多關照。

客套的話語中暗藏許多心思，儘管費時費力，兩人仍在不知不覺間，選擇以這種將真相融入在模糊灰階中的方式與家人溝通。對同志情侶而言，這方面的價值觀一致是很重要的。

「謝謝你來。我明天也會去你家拜訪。」

榮打完招呼要回自己家，二胡送他出去。

「好，趕快回去吧。積雪好深。」

「沒關係。往年都沒下這麼多雪，今年好特別。」

兩人走在鬆軟的雪地上，二胡腳滑了一下。

「笨蛋，小心一點。手給你。」

榮想牽二胡的手。「要是被人看到怎麼辦？」「這裡沒人啦。」兩人笑著將手牽在一起。就在他們呼著白煙，穿越隆冬的鄉間小徑時——

「……二胡。」

某處傳來輕聲呼喚。二胡嚇了一跳，連忙與榮拉開距離。停下腳步回頭，後方一個人也沒有。只看見被雪覆蓋的田野和溫室。

「是不是有人叫我？」

「我也聽見了。」

以為是幻聽，再度邁開腳步時，後方的溫室中突然衝出兩個人，嘴裡喊著「二胡」。是兩個國中生年紀的男生，二胡認出其中一人是村裡的孩子。

「咦？呃，你是直行吧？」

二胡離開村子時，直行還在念小學，兩人沒什麼交流。直行身旁站著一個年紀相仿的男生，二胡沒見過，可能是隔壁村的。兩人都愁容滿面。二胡問他們怎麼了，直行下定決心似地開口問道：

「你真的是同志嗎？」

二胡愣住了，心想怎麼突然問這種問題。

「咦，怎、怎麼這麼問？」

他緊張到不斷眨眼，榮輕拍他的背。他順著榮匆匆一瞥的目光望去，發現直行和身旁的男孩在背後手牽著手，二胡這才明白他們為何這麼問。因為他們「也是」。

「二胡，你國中的時候快樂嗎？」

直行以認真的眼神問。身旁的男生像是想將臉遮起來似地，深深低下頭。毛帽下方的耳朵泛紅，肩膀微微顫抖。二胡不清楚他們的狀況如何，但既然會跑來問不熟的二胡這種問題，可見應該過得不太好。絕不能隨便回答。

「有快樂的事，也有不快樂的事。」

「什麼不快樂的事？」

「被發現是同志而遭到霸凌，想跳進泳池裡一死了之。」

直行聞言咬緊牙關，身旁的男生也縮起肩膀。

「不過，也因此認識了自己深愛的人。」

二胡屈膝和他們平視。

「所以我現在過得非常開心。」

直行身旁的男生聽見後，怯怯地抬起頭。

「……真的嗎？」

「嗯。如今和戀人彼此相愛，很慶幸當時沒有死。」

直行和身旁的男生對看。安心的神情如同水漬暈開般，在兩人臉上擴散。二胡看著他們，內心湧上一股無法言喻的感覺。

他和榮正是在他們這個年紀認識的。而且還是在他腳上綁了醃菜石，準備投水自殺的糟糕夜晚。人生會發生什麼事真的很難說。就連國中時因煩惱過度而襲擊二胡的真人，現在也去東京念大學，交了男友。

「嗯，知道了。謝謝你，二胡。」

兩人低頭道謝後，說著「我們會加油的」便緊緊牽手跑離。二胡目送那對小小的背影，身旁的榮忽然牽住他的手。

「喂，你們兩個！」

榮舉起和二胡牽著的手，放聲大喊。

「可別被擊垮了！」

他舉起牽著的手，朝他們用力揮了揮。鄉下村子很小，也不知會不會被人看到。但二胡不論以前或現在，都好喜歡榮這種直率的個性，真的好喜歡。

「嗯，謝謝！」

直行和身旁的男生也舉起牽著的手回過頭。接著又一同在積雪的鄉間小徑跑了起來。二胡和榮一直站在原地目送他們。那跑離的背影讓他們聯想到以前的自己，心中浮現奇妙的溫暖感受。加油，加油。

「二胡，我們再走一下吧。」

「好啊，我也這麼想。」

二胡和榮相視而笑。

人生雖然未必幸福美滿，但仍有許多美好之處。

——全書完

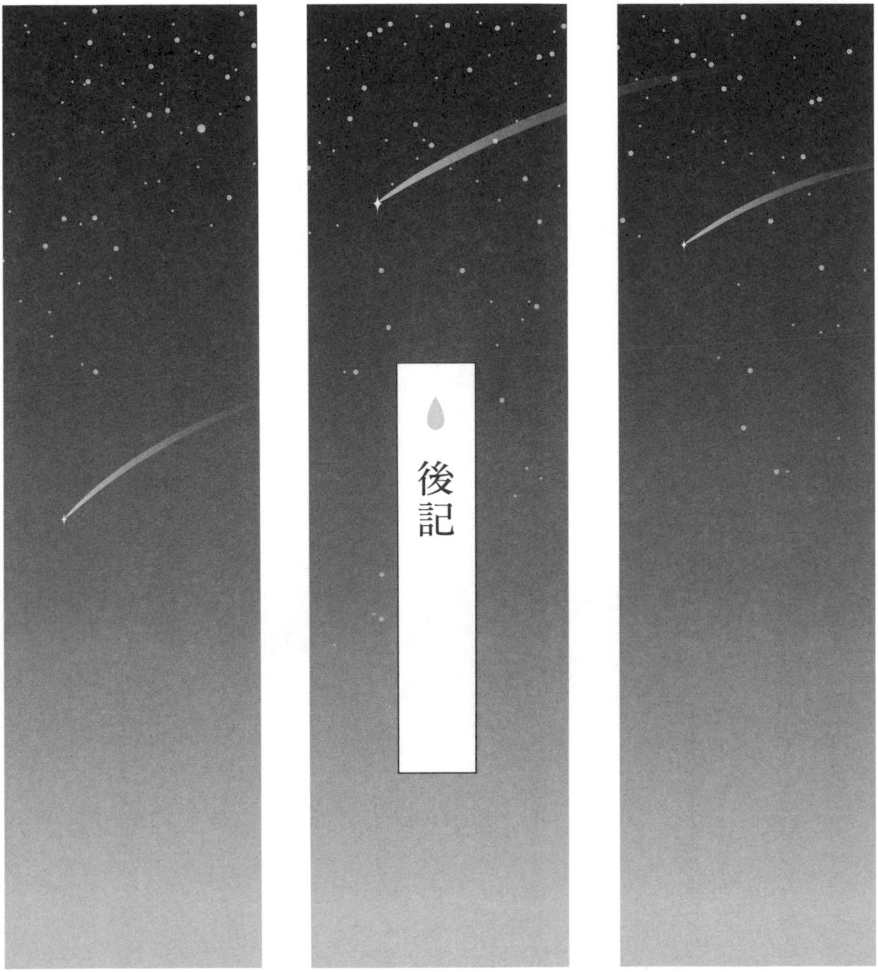

後記

Dear Nicole

這部《親愛的妮可》講述的是普通男孩的故事。

不過在這個時代很難斷言什麼叫普通，總之這是一部男孩們喜歡上某人、暗戀某人、幸運地和對方在一起、後來感情淡掉又展開新戀情，談著平凡戀愛的故事。

說是平凡，但BL界的感覺又不太一樣，無論攻受都是專情的人占多數。尤其是攻。最近甚至開始流行超越專情的執著攻（許多編輯都這麼說），因此榮或許是個非主流的攻，希望各位能以包容的心，關注這段凡人般搖擺不定的戀情。

我寫起來最開心的，就是二胡他們在鄉間生活的場景。我非常喜歡《小森食光》這部描繪年輕女孩獨自在鄉下生活的電影，每次看完都會衝動地開始找鄉下的房子，但一想到夏天夜空中亂飛的巨蛾，就會打消念頭，不斷重複這個循環。我很怕蟲，最無法接受的就是蝶類。某次搭電車時有隻蝴蝶飛進車內，朝我翩翩飛來，我尖叫著當場蹲下，讓同行的朋友和乘客看得目瞪口呆。這麼膽小顯然不能在鄉下生活吧？好難過……

這次請到yoco老師繪製插圖。十分感謝老師如此細心地作畫。每次見到yoco老師擔任繪者的書，我的目光都會不由自主被美麗的封面吸引，很高興能和老師合作。yoco老師，謝謝您。

最後謝謝讀者一路讀到後記。今年開始不久就遭遇許多挫折，才二月行程就完全亂掉，一個頭兩個大，希望我能撐過去。期待收到各位對本作的感想，這能給我很大的動力。我正在從事新挑戰，待細節確定後再向大家報告。

希望能在之後的作品中與各位相會。

二〇一六　二月　凪良ゆう

高寶書版集團
gobooks.com.tw

CRS020
親愛的妮可
愛しのニコール

作　　者　凪良ゆう
繪　　者　yoco
譯　　者　馮鈺婷
編　　輯　薛怡冠
美術編輯　彭裕芳
版　　權　張莎凌
企　　劃　黃子晏
排　　版　彭立瑋

發 行 人　朱凱蕾
出　　版　朧月書版股份有限公司
　　　　　Hazy Moon Publishing Co., Ltd.
地　　址　臺北市內湖區洲子街 88 號 3 樓
網　　址　www.gobooks.com.tw
電　　話　(02) 27992788
電　　郵　readers@gobooks.com.tw（讀者服務部）
傳　　真　出版部　(02) 27990909　行銷部 (02) 27993088
郵政劃撥　19394552
戶　　名　英屬維京群島商高寶國際有限公司臺灣分公司
發　　行　英屬維京群島商高寶國際有限公司臺灣分公司
初版日期　2022 年 12 月

ITOSHII NO NICOLE
Copyright © 2016 by Yuu Nagira
All rights reserved.
Originally Japanese edition published in 2016 Shinkosha Co., Ltd., Tokyo.
Chinese translation rights arranged with Shinkosha Co., Ltd.

國家圖書館出版品預行編目 (CIP) 資料

親愛的妮可 / 凪良ゆう作；馮鈺婷譯. -- 初版. -- 臺北市：朧月書版股份有限公司出版：英屬維京群島商高寶國際有限公司台灣分公司發行, 2022.12
　面；　公分. --

譯自：愛しのニコール

ISBN 978-626-7201-23-7(平裝)

861.57　　111017482

凡本著作任何圖片、文字及其他內容，
未經本公司同意授權者，
均不得擅自重製、仿製或以其他方法加以侵害，
如一經查獲，必定追究到底，絕不寬貸。
版權所有　翻印必究